AF609680

LA
SORTIE DE PENSION
CONSEILS AUX JEUNES FILLES
PAR
Mme MARIE DE GRANDMAISON
TOURS
ALFRED MAME ET FILS
ÉDITEURS

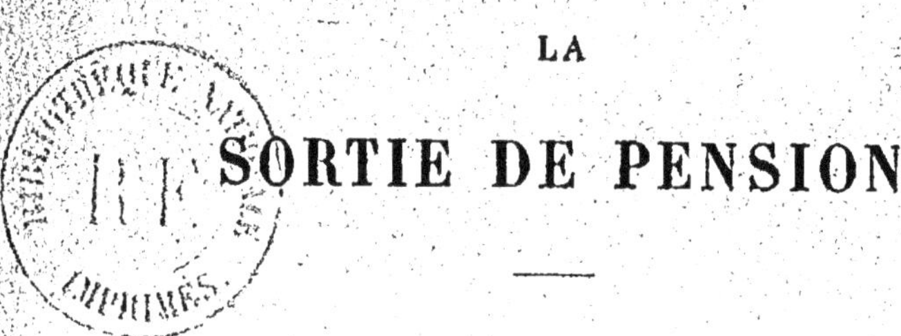

LA SORTIE DE PENSION

3e SÉRIE GRAND IN-8°

OUVRAGES DU MÊME AUTEUR

Chez A. MAME ET FILS :

L'Enfant sans nom. Ouvrage couronné par la Société d'Encouragement au bien.
Les Héros précoces.

Chez FIRMIN DIDOT :

Une Lorraine.
Un Billet de loterie.
Les Veillées normandes.
Le Secret de Micheline.
Belle-Boule.
Jacques et Mariette.
Jean le Malin.
La Dot de Claudine.
Histoire philosophique d'un Cheveu.
Marie-Anne.
Le petit Montagnard.
(Ouvrage couronné par l'Académie française.)
Les Fantaisies d'Huguette.

Chez BERNARDIN BÉCHET :

Le Journal d'Yvonne.
(Couronné par la Société d'Instruction et d'Éducation populaire, et admis au ministère de l'instruction publique.)
Les Soirées de ma tante Berthe.
Le Savoir-vivre.
(Couronné par la Société d'Encouragement au bien.)
Divers Albums pour le jeune âge.

Chez HATIER :

Les Légendes de l'art.

Chez CHARLES DELAGRAVE :

Deux jeunes Braves.
(Ouvrage couronné par la Société d'Encouragement au bien, et admis au ministère de l'instruction publique.)
Les quatre Saisons de Lina.
Divers articles dans le *Musée des familles*, le *Saint-Nicolas* et l'*Écolier illustré*.

Chez LEFORT :

La Fille du cheik.
(Couronné par la Société d'Instruction et d'Éducation populaire.)
L'Héritage de Thérèse.

Chez ÉMILE GUÉRIN :

Les Amis de Georgette.
Les Récits d'Hélène.
(Ouvrages couronnés par la Société d'Instruction et d'Éducation populaire.)
Les Plaisirs de Pâquerette.
Les Mémoires d'un Pierrot sans plumes.
La Bande joyeuse.
Les Jeux de salon.
Divers albums en prose et en vers.
Etc. etc.

DÉDIÉ

AVEC UNE TENDRESSE ET UNE RECONNAISSANCE TOUTES FILIALES

A MA CHÈRE TANTE FÉLICIE

QUI FUT AUSSI MA SECONDE MÈRE, MON MENTOR, MON ÉGIDE, L'AFFECTUEUSE ET SAGE DIRECTRICE DE MON ESPRIT ET DE MON CŒUR

MARIE DE GRANDMAISON

« Je me jetai dans vos bras en vous donnant le nom de « petite mère » ou de Mammy. »

LA

SORTIE DE PENSION

CONSEILS AUX JEUNES FILLES

PAR

Mme MARIE DE GRANDMAISON

OFFICIER D'ACADÉMIE
LAURÉATE DE L'ACADÉMIE FRANÇAISE

TOURS

MAISON ALFRED MAME ET FILS

LA
SORTIE DE PENSION

I

LES EMBARRAS D'UNE NOUVELLE DIGNITÉ

Jeanne Davrignac à Mme de Brécourt.

« Paris, 5 mai 18...

« Ma chère Mammy[1],

« Le voilà donc arrivé, ce grand moment qui met tant de joie au cœur de plusieurs de mes compagnes, et qui m'apporte à moi, orpheline de la meilleure des mères, tant de soucis et de crainte.

« Oui, je suis sortie de pension, c'est-à-dire du couvent hospitalier où j'ai passé tant de bons jours, dans cette quiétude de l'esprit et du cœur qui plaisait à ma nature tranquille.

« Objet de l'indulgence de mes bonnes maîtresses, de l'affection de mes compagnes, je me sentais heureuse dans ce milieu béni. Il semblait si facile de travailler

[1] En anglais, « petite mère. »

à son perfectionnement près des guides sages et doux qui nous en donnaient l'exemple, tandis que leurs préceptes nous en indiquaient la voie! On n'avait qu'à obéir, oh! la douce et aimable chose! Et qu'on l'apprécie mieux lorsqu'on se trouve, comme moi, lancée d'un seul coup dans le champ des responsabilités!

« Papa a voulu me faire commencer dans la saison d'été, pour me rendre la tâche plus facile; mais n'importe, il me va falloir commander maintenant. Commander? moi! C'est-à-dire avoir la direction d'une maison, d'un intérieur où l'on reçoit, car mon père, de par sa situation, doit recevoir et aller dans le monde, et je devrai l'aider dans cette obligation et dans celle d'élever mon petit frère, de guider ma jeune sœur et, qui sait? peut-être aussi de donner des conseils à mon frère aîné, qui par le fait même de ce qu'il a vingt ans se trouve plus jeune que moi, d'après le dire de mon père.

« Voit-on cela d'ici!

« Mais pour commander, pour guider, pour diriger les autres, il faut savoir soi-même, et je suis tout à fait ignorante de ces choses. Je n'ai que dix-sept ans, après tout, et ce n'est pas parce que je possède depuis près d'un an un beau diplôme d'institutrice sur parchemin que j'ai acquis la science de la vie.

« Ah! si l'on me disait de raconter le siècle de Louis XIV ou les conquêtes de Napoléon Ier, avec les dates, j'affirme que je m'en tirerais aisément, puisqu'on m'a permis de mieux m'en pénétrer en les étudiant depuis plusieurs mois encore après l'examen; mais c'est de bien autre chose qu'il s'agit. D'abord je ne dois plus songer aux lauriers que pour les mettre dans les sauces, et en fait de plans j'ai à connaître non plus des champs de batailles, mais celui du déjeuner ou du dîner que Catherine voudra nous offrir. C'est le ménage et la cuisine qu'il faut organiser et surveiller, et Dieu sait que je m'y entends sur ce dernier point bien moins que le fameux empereur lui-même, qui inventa, dit-on, le « poulet à la Marengo » la veille du jour où il devait en gagner la bataille.

« Pour moi, je sais faire un pot-au-feu parce qu'on en demande maintenant la recette pour le brevet simple, cuire un œuf à la coque et laisser brûler un rôti. Est-ce avec cela que je vais satisfaire l'estomac du tendre père qui a tant compté sur moi? Je crains que non, et j'ai bien peur que malgré les verres grossissants au travers desquels son amour paternel lui fait voir mes plus légers efforts, il ne reconnaisse bientôt que je suis une piètre maîtresse de maison, incapable de répondre à sa confiance.

« Et c'est là ce que je ne voudrais pas. Je désirerais surtout contenter ce bon père, et arriver à adoucir la plaie saignante que laisse en lui la perte terrible qu'il a faite, en m'appliquant, non pas à remplacer celle qui n'est plus, — certes, ce rêve est impossible, — mais au moins à l'imiter et à la rappeler en quelque faible manière.

« C'est pourquoi j'ai recours à vous, ma bonne Mammy, qui l'avez tant connue, tant aimée, à vous dont elle était la sœur de cœur, et qui avez bien voulu reporter sur moi un peu de cette affection en la rendant plus maternelle, pour la placer à ma portée.

« Jamais je n'oublierai ce jour, qui remonte à trois ans déjà. Ma pauvre mère venait d'expirer après m'avoir recommandé mes frères et ma sœur, et nous étions tous plongés dans le désespoir et l'affaissement, lorsqu'une voix amie, après avoir mêlé ses larmes aux nôtres, me dit :

« — Courage, ma petite Jeanne! Dieu mesure les forces avec l'épreuve, et c'est par l'énergie qu'on répond à ses desseins. Si une bonne affection peut adoucir la peine, sache que la mienne t'est acquise tout entière; comme je l'aimais, je t'aimerai à ton tour, et tu peux en toute circonstance user de ma tendresse comme tu aurais usé de la sienne; il me sera doux de conserver par toi son précieux souvenir. »

« Je me jetai dans vos bras, en changeant spontanément l'aimable nom de tante que je vous donnais depuis l'enfance contre celui plus tendre de « petite mère » ou de Mammy, que je ne pourrais plus cesser de vous donner sans briser de nouveau mon cœur.

« Aujourd'hui c'est à ce titre que je fais le complet appel pour m'aider à remplir ma nouvelle tâche. Si seulement nous étions en hiver, je serais plus rassurée; nous demeurons si près les uns des autres, que je mettrais à profit ce bon voisinage, au risque de vous persécuter de mes incessantes demandes; mais il me faut justement commencer cet apprentissage en été, alors que nous allons à la campagne dans des directions différentes : vous, près d'une mère souffrante, que vous ne pouvez quitter, et moi dans une propriété isolée où j'aurai tout à organiser, où il y aura des parties de chasse, de pêche, de canot, que sais-je! tout cela pour amuser mon grand frère et le retenir près de nous, dit mon père.

« Je sais bien que j'ai un chaperon dans mon Anglaise; elle est chargée de m'accompagner dans toutes mes courses et promenades, en même temps qu'elle doit baragouiner sa belle langue à mon petit René et à moi, et sa figure rébarbative devra me protéger de toute attaque à l'extérieur; mais, au dedans, qu'en pourrais-je tirer? La pauvre miss Agnès est aussi peu que possible au courant des usages français; malgré son âge déjà respectable, elle ignore encore l'A B C de nos coutumes et des finesses de notre langue. Hier, entre autres, elle nous a bien amusés.

« Vous savez comme mon grand frère Roger a l'esprit gai par nature et comme il se plaît à taquiner. Souvent, il faut le dire, c'est la miss qui a son tour; il s'applique à lui parler au figuré, pour la voir se démener. Hier donc, elle poussa une exclamation de surprise en apercevant tout à coup près d'elle Roger, qu'elle n'a pas vu arriver.

« — *Aôh!* s'exclama-t-elle en son langage, *je n'avoir* pas entendu entrer le jeune milord!

« — Je suis venu en rasant les murs du jardin, répondit Roger.

« — Vous voyez, miss Davrignac, s'écria-t-elle aussitôt avec indignation, que votre frère *il* se moque encore de *moâ!*

« — Comment cela, miss? demandai-je à mon tour d'un ton bon enfant.

« — Il me raconte qu'il est venu en démolissant les *fortifiquéchennes* de *le* propriété.

« — Ah! ah! ah! par exemple! se récria Roger en riant, j'ai parlé de raser les murs et non de les abattre.

« — Oh! *yes! yes!* je sais très bien, dit-elle; mais comme vous n'avez pas voulu gratter *ce* muraille avec votre rasoir, *je comprendre* que vous le prenez dans *le* signification qui n'est pas *le* propre, et que cela veut dire jeter par terre. »

« Roger se prit à rire, et je ne pus faire que l'imiter en voyant surtout l'air fâché de miss Agnès. Je voulus essayer de lui donner la véritable acception donnée par Roger; mais, excitée à l'hilarité par mon grand diable de frère, je ne réussis qu'à exaspérer ma pauvre demoiselle de compagnie, qui sortit bleue de colère et en nous vouant, je crois, à toute l'exécration de sa race.

« Comment vais-je nous excuser maintenant à ses yeux?

« Enfin, ma bonne Mammy, tout cela m'épouvante, et

si vous ne m'envoyez pas vos conseils, si vous ne me soutenez pas par vos avis, que vous ne m'éclairiez point des lumières de votre expérience, je sens que je serai vaincue dans la lutte.

« Ayez donc pitié de votre Jeannette, je vous en prie, envoyez-lui un petit plan de conduite, où elle pourra s'inspirer de ses obligations et connaître exactement tous ses devoirs, pour s'appliquer à les remplir sous votre égide protectrice.

« Je vous remercie à l'avance, Mammy chérie, et je vous prie d'agréer, avec ma reconnaissance anticipée, toutes les effusions affectueuses de

« Votre fille de cœur,

« JEANNE DAVRIGNAC. »

II

PREMIERS CONSEILS D'UNE VÉRITABLE AMIE

A cette lettre si pressante, Mme de Brécourt n'avait pas tardé à répondre :

« Tu as bien fait de compter sur moi, ma petite Jeanne, et mon cœur est profondément touché de la confiance que tu me témoignes avec tant d'élan et d'abandon. Oui, tu me trouveras en toute circonstance prête à répondre à tes sentiments filiaux par une tendresse toute maternelle. Je n'aurais pas pu rester indifférente envers la fille de ma chère Edmée, à plus forte raison lorsque cette fille possède en germe toutes les vertus qui nous rendaient si précieuse la sainte femme que Dieu nous a si prématurément ravie.

« C'est un grand honneur pour moi que d'essayer de tenir un peu sa place, et je m'y appliquerai de tout mon pouvoir.

« Tu sais que la première marque de la véritable affection, c'est la franchise. Je te parlerai donc toujours sincèrement, au risque même de te paraître un peu sévère; tu te diras que le cœur est mon seul guide. Puisse-t-il t'apparaître comme la rose qui fait si bien oublier les épines!

« Tout d'abord laisse-moi t'assurer, ma chère enfant, que tu te fais à tort un épouvantail de ta mission; car tu as au fond de toi-même ce qu'il faut pour la bien remplir : j'entends la bonté, la piété, la grâce modeste, l'esprit de justice et le sentiment du devoir. Il te suffira d'apprendre à appliquer toutes ces qualités avec tact et discernement pour être une jeune personne accomplie.

« Le premier conseil qu'il me faut te donner, ma chérie, c'est de conserver l'habitude du couvent : de te lever de bonne heure; rien n'est profitable à la santé et à la bonne organisation d'un intérieur comme cette coutume; on peut faire tant de choses pendant les heures matinales, et surtout on les fait si bien ayant le corps reposé et l'esprit dispos!

« L'avantage primordial est de te procurer le temps d'offrir ta journée à Dieu avec respect et componction, sans imiter les jeunes étourdies qui s'oublient au lit et expédient ensuite leur prière et leur toilette pour regagner les instants ainsi sacrifiés à la paresse.

« Que je te cite, en passant, une petite pratique religieuse à laquelle je n'ai jamais failli : c'est, en ouvrant les yeux, de faire le signe de la croix et d'adresser au Ciel ma première pensée dans cette invocation : « Mon Dieu, je vous « offre ma journée par les mains de Marie, ma bonne mère. »

« Une autre coutume, qui devrait être générale, est celle de procéder en se levant aux soins de propreté de sa personne. La femme qui a souci de sa tenue se « lave » et se « coiffe » au sortir du lit, sachant bien que les ablutions matinales donnent de la fraîcheur au visage, et que les coiffures légères du négligé sont hygiéniques pour la chevelure.

« Même sous la robe de chambre flottante elle met un corset qui, sans lui comprimer la taille, la soutient et la rend plus présentable.

« Une fois les vêtements d'intérieur endossés, la jeune fille doit refaire son lit; c'est une habitude excellente, et qu'on peut pratiquer dans toutes les situations, se rappelant le proverbe si répandu : Comme on fait son lit, on se couche. Je te verrais volontiers aussi ranger et épousseter toi-même ta chambrette. Il y a tant d'objets souvent dans une chambre de jeune fille, tant de petits bibelots, qui n'ont de valeur qu'aux yeux de la personne à laquelle elles rappellent de doux souvenirs, qu'il est difficile de voir des mains mercenaires en prendre tout le soin voulu. En procédant personnellement à leur entretien, on s'épargne le chagrin de les voir maltraités, détériorés, brisés peut-être, et on a aussi le plaisir de les considérer de plus près, de les caresser, pour ainsi dire, de la main et du regard. Cette satisfaction vous paye largement de votre peine.

« Et puis, crois-moi, cette chambre bien propre et mise en ordre t'apparaîtra comme un temple familial, une sorte de sanctuaire virginal, plus digne du Dieu de ta première communion dont l'image orne le chevet de ton lit, et, quand tu t'agenouilleras à ses pieds, ta prière sera plus pure et plus ardente; car si, nous autres chrétiens, nous ornons nos murs d'images pieuses, ce n'est pas seulement pour implorer la protection des saintes personnalités qu'elles représentent, c'est encore pour nous constituer des exemples, nous rappeler le respect des lieux qu'elles occupent, et aussi le respect de nous-mêmes, de notre propre dignité.

« Ces premiers devoirs remplis, tu feras sagement de descendre à la cuisine, afin de te rendre compte de ce qui reste de la veille, pour combiner ces ressources avec les nouveaux achats à faire; car un système excellent, n'eût-on qu'une simple bonne, c'est de donner chaque matin les ordres pour la journée; cela évite une perte de temps, des allées et venues inutiles, et assure la sage régularité du service. Si l'on craint d'oublier, on note prudemment sur un carnet, dès la veille, les idées qui naissent au fur et à mesure des circonstances.

« Quant à la façon de donner des ordres, elle doit toujours être juste et réfléchie; ceux qui sont transmis à tort et à travers, les contre-ordres arrivant sans motifs réels, nuisent essentiellement à la discipline domestique. Si on fait interrompre un travail pour en entreprendre un autre, il est évident que le premier ne pourra pas être mené à bien, et l'on n'arrivera qu'à mettre la confusion dans l'esprit des serviteurs. Il est évident aussi que, lorsqu'on les trouble par des ordres contradictoires, il devient impossible d'en exiger l'exactitude.

« Une chose essentielle, d'abord, est de se rendre compte par soi-même du temps que nécessite telle ou telle besogne pour la diriger plus sûrement; l'autorité est meilleure quand elle se montre plus éclairée.

« De plus, pour avoir une maison bien conduite, il faut toujours s'arranger de manière que le service ne devienne pas un fardeau trop lourd pour ceux qui le remplissent, dût-on prendre soi-même quelques soins dans le but d'aider à son accomplissement. On peut donner comme exemple le fait si souvent raconté d'une maréchale, princesse de l'Empire, qui, déjà très âgée, remettait fort bien de ses propres mains une bûche dans son feu, alors pourtant que le nombre des serviteurs ne lui faisait pas défaut : elle ne voulait pas les déranger pour si peu.

« Au fond, c'était là une preuve d'humanité.

« Nous devons l'avoir, cette humanité, et il est indispensable à la maîtresse de maison qui ne possède pas plusieurs serviteurs de s'occuper de certains détails, comme, par exemple, ce qui regarde le couvert, l'agencement du dessert, l'entretien des plantes dans les appartements, et voire même le nettoyage des objets de prix, quand on veut en diminuer les risques.

« Dans tous les cas, si un accident arrivait à un de ces objets précieux, il serait arbitraire de montrer une trop grande sévérité pour ce qui ne serait qu'une gaucherie involontaire. Quelle que soit la déception éprouvée, il faut accepter la peine avec une certaine résignation et ne pas ériger en crime ce qui n'est que maladresse.

« Certes, on peut exhorter les imprudents à prêter une plus grande attention à leurs mouvements; mais si on les voit réellement contrariés du dommage qu'ils ont causé, il faudra plutôt les excuser avec bonté que de les accabler de reproches amers et assez inutiles, il faut l'avouer, puisque la faute n'est pas volontaire.

« Cette pensée, ma chérie, me ramène par un autre ordre d'idées à un petit trait de ta lettre. Je ne t'ai pas approuvée de rire des railleries de Roger contre la pauvre miss Agnès. Ton grand frére me semble avoir oublié en cette circonstance que la civilité la moins puérile lui ordonne, avant tout, le respect envers la femme. Votre Anglaise y a droit à tous les titres : par son sexe, par son âge, par sa nationalité étrangère, et plus encore peut-être par le rôle subalterne qu'elle doit exercer dans votre maison, et dont il ne vous est pas permis d'abuser.

« Ton grand étourdi de Roger n'a pas réfléchi à tout cela, et, en l'encourageant par tes sourires, tu t'es faite sa complice; or il ne faut pas te dissimuler, chère enfant, que si nous voulons obtenir des perfectionnements chez ceux qui nous regardent, il faut beaucoup veiller sur nous. L'éducation qu'on entreprend sur d'autres n'est

Il faut régler les choses de façon à passer plusieurs heures de la journée devant sa table à ouvrage.

qu'un travail permanent sur soi-même, un continuel effort tendant à mettre ses actions d'accord avec ses paroles.

« Vois plutôt : en ne demeurant jamais oisif, nous faisons comprendre que le travail est une des nécessités de l'existence; en employant toujours des formules polies, nous montrons que la politesse est une des lois de la société; en usant enfin envers tous d'une justice équitable, nous développons les sentiments d'honnêteté et de probité scrupuleuse. Tout précepte qui n'adopte pas ce mode devient inutile et sans effet.

« Je suis persuadée que tu m'as comprise et que tu trouveras dans ton cœur la charitable excuse à laquelle cette pauvre fille a droit.

« Revenons à l'emploi de notre temps :

« Il va sans dire que tu ne t'occupes pas seulement du ménage, mais que tu t'initi̧es peu à peu à la cuisine; c'est un point essentiel que de soigner la nourriture des hommes. Qu'il s'agisse d'un père ou d'un mari, il ne faut jamais penser, avec certaines insouciantes : Tant pis si c'est un peu moins bon!

« L'homme a de lourdes charges pour subvenir aux besoins de la famille; il faut qu'il travaille beaucoup, qu'il peine même à certaines heures, et la déperdition de ses forces demande à être réparée pour le tenir en un salutaire équilibre. Il est utile de l'y aider en aiguisant son appétit par la bonne préparation des mets et l'aspect soigné avec lequel on les présente. Que la chose la plus simple, offerte avec goût, plaise à l'œil et devienne digne d'être savourée avec plaisir.

« Ainsi donc, chère petite, flatte l'estomac sans obérer ton budget. La chose est facile par mille et un riens que tu t'exerceras à confectionner, et tu en seras, j'en suis sûre, récompensée par de bonnes paroles; car, vois-tu, entre nous, pour les pères comme pour les maris, si l'estomac n'est pas tout à fait le chemin du cœur, c'est un petit sentier qui y conduit.

« Une fois les exigences du ménage et de la cuisine satisfaites, il faut régler les choses de façon à passer plusieurs heures de la journée devant sa table à ouvrage, son bureau, son piano ou son carton à dessin.

« Qui ne perd pas de temps en a beaucoup, dit une sage maxime; et il est bon, tout en s'occupant des nécessités matérielles, de ne pas négliger les arts, pour l'étude desquels nos parents ont fait souvent de grands sacrifices.

C'est là un charme ajouté à notre existence et, si nous le voulons bien, à celle des autres.

« Pour ce dernier point, il faut y mettre du discernement et savoir offrir des résultats sans trop montrer l'effort. Je m'explique. Ton cher père aime la musique; mais il la trouverait bien fatigante si tu choisissais le moment où il est occupé dans son bureau à quelque plan d'architecture pour lui rebattre les oreilles de gammes ou d'exercices dont la monotonie peut atteindre parfois les nerfs les moins sensibles. Tu auras donc soin de prendre l'heure de cette étude ingrate au moment où le bon M. Davrignac est sorti, afin de lui donner la surprise de tes progrès, disons, si tu veux, la mise en scène de la pièce sans le maniement des ficelles de la coulisse.

« Cette préoccupation de la mise en scène, comme nous l'entendons, doit tenir une place bien marquée dans notre existence; c'est elle qui constitue la bonne tenue, cette sorte de décorum dont la jeune fille et même la jeune femme ne doivent jamais se départir.

« C'est elle qui empêchera une personne qui se respecte d'accomplir en public, ou d'étaler même devant ses frères, certains travaux de couture ou de raccommodage qui doivent être réservés à la solitude de la chambre;

« Qui ne permettra pas à la robe flottante du négligé de se présenter après l'heure du déjeuner;

« Qui ne fera pas adopter pour les courses du matin, soit à l'église, soit au marché, d'anciennes toilettes à garnitures fanées, ou des gants de chevreau clair, qu'ils fussent propres ou ne se souvinssent plus de l'avoir été, mais décidera le bon goût à endosser pour ces circonstances une sorte de costume de voyage, dont tout le cachet consistera en une coupe irréprochable et une netteté parfaite, complétés soit par des gants de Suède foncés, soit par des gants de fil en été, de laine ou fourrés en hiver;

« Qui ne la laissera pas non plus alors se couvrir de bijoux comme pour aller au bal, ou porter chez elle une toilette écrasante pour les visites qu'elle pourrait recevoir;

« Qui l'obligera, en un mot, à s'habiller avec discernement et à se conduire avec tact en toute occasion.

« Mais je t'en ai dit assez pour aujourd'hui. Tu vas déjà peut-être exhaler un « ouf! » de soulagement en terminant cette épître qui a pris les proportions d'un journal ou mieux d'un salmis indigeste. Je te conseille de ne l'avaler que par fragments, et surtout de bien te pénétrer qu'il émane d'une mère n'ayant en vue que la perfection de sa fille.

« J'attends prochainement de tes nouvelles. Tu as dû remarquer qu'au milieu de mes exigences je n'ai pas proscrit le petit bureau des meubles devant lesquels tu peux t'asseoir quelquefois. Y a-t-il eu un peu d'égoïsme dans cette façon d'agir? Peut-être; car j'éprouve un bien grand plaisir à recevoir tes lettres; ce qui m'excuse un peu de ce sentiment presque inavouable, c'est la pensée que tes autres amies profiteront de la permission qui t'est ainsi accordée de correspondre avec elles. J'ajoute pourtant qu'à nulle au monde tu ne plairas autant qu'à ta vieille Mammy, qui te chérit, bien que tu l'aies érigée toi-même en mère grondeuse, te souvenant sans doute du proverbe : Qui aime bien châtie bien.

« Je te serre sur mon cœur.

« MARIE DE BRÉCOURT. »

III

UN DÉBUT MALHEUREUX

Deux jours après, Jeanne reprenait :

« Merci de votre petit code, bien chère Mammy. Il m'est précieux comme tout ce qui vient de vous, et va me devenir plus que jamais bien utile; car il faut que je vous apprenne tout de suite que mes débuts ont été déplorables. Jugez-en :

« Le lendemain de mon arrivée ici, père me remit les clefs des armoires au linge, du buffet à provisions, etc., en me disant :

« — C'est à toi désormais que Catherine s'adressera pour les besoins du ménage et de la table; tu auras à lui fournir chaque jour le nécessaire et à combiner avec elle l'ordre et l'agencement de nos repas. C'est une fille dans laquelle j'ai toute confiance; elle m'a servi loyalement depuis trois ans. Sans doute elle n'est plus très jeune, et ses manières peuvent manquer d'un peu de raffinement; mais, en revanche, il n'y a jamais eu le moindre reproche à faire à sa fidélité, et c'est quelque chose à notre époque; j'ai tenu à t'en avertir, pour que tu saches à qui tu as affaire. »

« Cela aurait dû assurément me faire comprendre que je devais ménager les susceptibilités de cette honnête Catherine; mais je n'y songeai même pas. Je vis une armoire à linge assez mal rangée, j'y apportai plus de méthode, et une autre aux provisions où Catherine reconnaissait chaque chose à la couleur différente des papiers qui l'enveloppaient ; je crus plus ordonné de mettre tout dans des boîtes et d'étiqueter ces boîtes, que j'alignai régulièrement sur les planches; puis je fermai la porte à clef, pour être sûre que personne n'y porterait plus le désordre.

« Lorsque père me demanda l'emploi de ma matinée et que je lui racontai ma prouesse, il sourit et me dit :

« — C'est toujours une excellente pensée que celle d'une bonne organisation ; mais la pauvre Catherine ne pourra pas profiter de ton étiquetage, puisqu'elle ne sait pas lire.

« — Je lui donnerai moi-même ce qu'il lui faudra.

« — Ah! très bien, très bien! Du moment où vous êtes d'accord, je n'ai rien à dire. »

« Cette réponse de papa me surprit un peu. Pourquoi ne serais-je pas d'accord avec Catherine? Avait-elle donc un si mauvais caractère, qu'on pût ne pas s'entendre avec elle?

« Je me le demandais encore, lorsque, le soir même, elle vint me déclarer qu'elle quittait notre service pour aller soigner une de ses sœurs dont la santé est mauvaise.

« Est-ce vrai? J'ai de la peine à le croire, surtout en voyant la froideur que Catherine me témoigne.

« D'abord je me suis dit :

« Sans doute cela ennuie cette femme déjà experte d'avoir à obéir à une jeune ignorante de mon espèce. Pourtant elle avait paru contente de me voir arriver, et je me suis appliquée à lui demander les choses de la façon la plus polie, évitant de prendre avec elle un ton de commandement trop marqué.

« Et, en effet, je m'étais promis d'user de l'expérience de Catherine pour apprendre moi-même, sans en avoir l'air, mille et un détails qui me sont inconnus; je comptais l'observer et tirer parti de son savoir, tout en semblant la surveiller. Est-ce là ce qui lui a déplu? Aurait-elle voulu que je me misse plus complètement à sa discrétion? Ma dignité ne me le permettait pas, ce me semble.

« J'en étais à me faire cette réflexion, lorsque Catherine me demanda d'un ton sec :

« — Mademoiselle veut-elle me donner du tapioca?

« — Certainement, » répondis-je en ouvrant vivement l'armoire aux provisions à l'aide d'une des clefs pendant à ma ceinture.

« Et j'enlevai de la planche la boîte, sur laquelle s'étalait le mot *tapioca,* mis de ma plus belle écriture, pour la tendre à la brave fille.

« — Si mademoiselle veut me mesurer ce qu'il faut pour six personnes? » dit-elle d'un air contraint.

« Je me sentis rougir à ces paroles. Lui mesurer ce qu'il fallait! Le savais-je seulement? Et comment avouer mon incapacité à cette domestique?

« — Prenez-le vous-même, comme d'habitude, Catherine, lui dis-je.

« — Oh! comme d'habitude, répéta-t-elle avec un soupir, c'est bien différent maintenant! »

« Alors seulement la lumière jaillit de mon esprit vraiment peu perspicace. Sans le vouloir, je crois que j'ai blessé cette pauvre fille; elle pense peut-être que je me défie d'elle, et c'est pour cela qu'elle veut partir.

« Je suis restée si interloquée de ma découverte, que je ne sus dire mot. Machinalement je repris la boîte que Catherine me rendait, après avoir mis dans une tasse ce qu'elle jugeait nécessaire pour son potage. Je la replaçai dans son coin et repoussai la porte de l'armoire sans la fermer à clef.

« Rentrée dans ma chambre, je me sentis découragée à la pensée que mon premier acte de maîtresse de maison avait été de faire de la peine à une fidèle servante, qui n'avait jusqu'ici donné à mon père que des sujets de satisfaction.

« Que vais-je faire maintenant? Faut-il m'humilier devant cette fille, ou demander à papa de réparer ma bévue? Cela m'ennuie d'occuper ce bon père de ces misères, lui qui a tant de choses si importantes dans la tête, en ce moment surtout où il fait le plan de restauration d'un grand monument. D'autre part, je serais désolée de voir partir Catherine par ma faute.

« Je vous en prie, bonne Mammy, tirez-moi de cette perplexité, et croyez à toute la reconnaissance de

« Votre étourdie, mais bien aimante

« JEANNE DAVRIGNAC. »

IV

MAITRES ET DOMESTIQUES

« Quel que soit mon désir de te consoler, ma petite Jeanne, répondit Mme de Brécourt, je dois convenir que tu t'es mise, vis-à-vis de la pauvre Catherine, dans une situation difficile en paraissant ne pas lui témoigner toute la confiance à laquelle elle a droit. Je sais bien que ton intention n'était pas telle; qu'en toute maison bien tenue l'usage est de renfermer les provisions sans qu'aucun domestique puisse le trouver mauvais, voyant que c'est une habitude.

« Mais là, précisément, ce n'était pas une habitude, et

il arrive très souvent qu'on se départit de ces soins rigoureux envers des serviteurs qui vous ont donné des preuves répétées de leur honnêteté et de leur délicatesse. C'est ce qui avait eu lieu pour la brave Catherine. Accoutumée à diriger tout par elle-même, elle a dû assurément, dans ta manière restrictive, voir une suspicion, et s'en est trouvée froissée. Ce sentiment est excusable, après tout, et la plus élémentaire charité nous fait un devoir de ménager sur ce point ces pauvres gens, qui n'ont souvent que leur probité pour toute fortune. Mais je prêche une convertie, puisque tu es toi-même affligée de l'effet que tu as produit par irréflexion. Laisse-moi te dire, ma chérie, que tu t'es trop pressée de faire acte d'autorité; c'est ce qui a causé tout le mal.

« Même en ne trouvant pas bons tous les arrangements de Catherine, il eût mieux valu attendre un peu pour les bouleverser aussi complètement, choisir, par exemple, le moment de la lessive pour disposer autrement les piles de linge, et celui d'une importante commande d'épicerie pour opérer les changements que tu aurais jugés convenables; tandis qu'en te comportant ainsi, sans motif apparent, tu atteignais son amour-propre, à défaut même de son honneur.

« Cela, j'en suis sûre, ma chère enfant, te rendra plus circonspecte à l'avenir; mais, pour l'instant, tu dois réparer toi-même l'offense involontaire faite à la pauvre fille. Ce serait un faux orgueil que d'en agir autrement.

« Il y a une certaine noblesse à reconnaître ses torts envers des inférieurs; à plus forte raison peut-on, sans s'humilier, faire comprendre qu'on n'a pas eu l'intention qui vous a été prêtée sur une trompeuse apparence.

« Tu as commencé cette sorte de réparation d'honneur en laissant ton armoire ouverte; mais ce n'est pas assez.

Il faut que l'offensée sache que tu l'as fait volontairement et non par oubli, en un mot que tu trouves moyen, soit en lui abandonnant quelquefois ta clef, soit en l'obligeant à te la rapporter, de lui prouver que tu as pris une mesure d'ordre et non de méfiance.

« Peut-être changera-t-elle d'avis en présence de ce nouvel état de choses et continuera-t-elle à rester. En ce cas, et comme il ne faut jamais se déjuger, je te conseille d'exiger de Catherine l'arrangement que tu as établi dans les armoires : il serait plus mauvais pour l'avenir, de voir une trop grande mollesse succéder à ton acte d'autorité. Si ce soin était enfreint, tu pourrais le lui rappeler doucement.

« D'ailleurs, puisque l'occasion se présente, j'en profite pour dire qu'en général les observations doivent être faites avec tact, justesse et bienveillance. Même dans les reproches les plus mérités, on doit fuir les expressions blessantes, qui n'ont jamais convaincu personne. Le simple exposé de l'acte répréhensible et de ses conséquences suffit à confondre son auteur, sans qu'il soit nécessaire de l'humilier, de le rudoyer, de lui faire supporter enfin tout un accès de colère, ayant pour premier résultat de mettre les torts du côté de celui qui se livre à ses emportements, et soulage ainsi son humeur irritée aux dépens de sa dignité personnelle.

« De même c'est une chose inutile, pour ne pas dire injuste, que de rappeler plusieurs fois les mêmes fautes. A quoi bon revenir sur un méfait passé, s'il n'aggrave pas les torts du présent? Cela faisait dire à une femme de bon sens :

« — De quel droit veut-on faire payer à nouveau les dettes anciennes en réglant les nouvelles? »

« Pour tout dire, la modération sera le plus sûr moyen d'obtenir ce que l'on désire; car les paroles les plus profitables sont les moins arbitraires et celles qui portent la conviction dans les esprits.

« On peut faire la même remarque lorsqu'il s'agit des enfants que l'on est chargé de réprimander.

« Mais je te sais trop douce et trop pacifique, ma petite Jeanne, pour m'appesantir plus longtemps sur ce point. Ce n'est jamais toi qui te fâcheras à tort et à travers contre un serviteur, ni contre René ou Marguerite; tu serais plutôt portée à trop de faiblesse à l'égard de ces derniers. Garde-t'en. Il faut savoir accepter le poids des responsabilités qui vous incombent, et ce serait t'y dérober que de n'être pas envers eux aussi ferme que ton cher père le suppose.

« Ainsi, pour en finir sur la question des domestiques, tu ne dois jamais leur laisser donner d'ordres directement : les enfants bien élevés ne commandent pas; ils doivent se contenter de demander poliment les choses dont ils ont besoin, et rien de plus.

« Cette politesse est exigible en toutes circonstances, et l'on doit bien convaincre les enfants que le fait de salarier une créature humaine ne donne pas sur elle une supériorité sans contrôle. L'esclavage ayant été aboli jusque dans le continent noir, cette supériorité existe surtout par l'éducation, c'est-à-dire par la possibilité de donner le bon exemple. Donc ce n'est pas par une morgue hautaine ni par un ton impérieux ou méprisant qu'on s'attirera le respect des inférieurs, mais bien en faisant preuve de qualités vraiment respectables.

« Enfin, autant que possible, les observations faites aux domestiques ne devront pas l'être devant les enfants, afin de ménager la susceptibilité et l'amour-propre de ceux-là, et, dans tous les cas, on ne tolérera pas que les jeunes y ajoutent une parole piquante ou un sourire moqueur. Si l'un d'eux se permettait ce manque de savoir-vivre, on devrait le gronder à son tour sur le peu de cœur qu'il a semblé montrer, en accablant ceux qui sont dans la peine et que nous devons protéger.

« D'autre part, il ne faut pas que l'intérêt qu'on leur porte dégénère jamais en familiarité. On ne doit jamais permettre cette dernière, pas plus qu'il ne faut s'y abandonner soi-même, sous peine de perdre toute autorité et de faire perdre toute réserve.

« Mais je ne prendrais pas du tout pour un manque de dignité de ta part le fait de demander à une personne comme Catherine quelques renseignements culinaires. Elle t'a vue plus jeune et sait que tu n'as pas été en pension pour apprendre la cuisine; par conséquent, elle ne peut pas être dupe de tel ou tel petit manège employé pour surprendre ses secrets professionnels. Je dirai même plus, dans un esprit sans culture comme le sien, ces façons de faire peuvent amener un certain sentiment de représailles qui la pousserait à te montrer ton ignorance par des petits affronts du genre de celui que tu me racontes, et dans lesquels l'orgueil du métier triomphe hautement.

« En agissant avec simplicité et franchise, elle sera flattée et assurément trop heureuse de t'initier à son savoir pour qu'il lui vienne l'idée d'empiéter sur tes droits dans d'autres cas. Vous n'en resterez pas moins chacune à votre place; elle acceptera même bien mieux tes réflexions, sachant que tu as acquis le moyen de les faire plus justement.

« Crois-moi, la familiarité ne réside pas là. Si nous voulons nous en garder, défions-nous toujours, et avec tous nos subordonnés, des conversations intimes, des cancans, des plaisanteries. Ne prêtons pas l'oreille aux confidences, et surtout ne permettons pas les appréciations sur les personnes qui viennent chez nous. On est censé choisir ses relations; par conséquent, c'est se déprécier soi-même aux yeux de ses gens que de dénigrer devant eux les personnes que l'on fréquente.

« Au résumé, les maîtres et les domestiques forment une sorte d'association qui se base sur une réciprocité de droits et de devoirs. Qui prend un domestique prend charge d'âme et doit régler sa conduite sur cette pensée. Si on a droit d'exiger une obéissance passive de celui qu'on paye, un sentiment d'équité doit nous bien convaincre qu'il faut compenser cette *servitude,* c'est-à-dire cette perte de l'indépendance, cette suprême abnégation d'un être créé comme nous, par une grande indulgence et une profonde mansuétude. Il faut non seulement faire pardonner, mais faire aimer notre autorité.

« Sur ce petit sermon que je livre à tes méditations, ma petite Jeanne, je te quitte en t'embrassant de tout mon cœur et en te souhaitant de conserver ta bonne Catherine.

« Bien à toi.

« MARIE DE BRÉCOURT. »

V

LA RÉPARATION

Huit jours se passèrent, et l'aimable mentor de Jeanne reçut de celle-ci une nouvelle épître ainsi conçue :

« Combien vos bons conseils et vos souhaits m'ont porté bonheur, ma bien-aimée Mammy! Non seulement

Catherine nous reste, mais elle m'a permis de faire à mon cher père un de ces plaisirs gastronomiques dont il gardera, m'a-t-il dit, le souvenir.

« Mais procédons par ordre :

« Catherine ne s'était pas aperçue tout de suite que j'avais laissé la porte de l'armoire ouverte; le lendemain seulement, à la première heure, elle me rapportait la clef en me disant d'un ton d'ironie attristée :

« — Mademoiselle a oublié de prendre ses précautions.

« — Comme il n'y avait que vous qui deviez aller dans l'office à cette heure, lui répondis-je, ce n'était pas grand dommage.

« — Alors, fit-elle aussitôt, mademoiselle ne craint pas que je touche à ses provisions.

« — Avez-vous pu penser cela, Catherine! m'écriai-je. Comment voulez-vous que je n'aie pas confiance en vous, lorsque papa vous a laissé jusqu'ici toute direction?

« — Je m'étais bien dit cela; mais je ne savais pas si mademoiselle pensait comme monsieur. »

« Et elle se mit à pleurer.

« — Oh! Catherine, Catherine, quelle mauvaise idée! dis-je en essayant de la consoler, et tout cela parce que j'ai rangé des armoires!

« — Mais mademoiselle était libre, reprit-elle; une maîtresse de maison peut bien organiser les armoires et même mettre tout sous clef, ajouta-t-elle d'un ton encore un peu pincé..., du moment que ce n'est pas par méfiance.

« — C'est pour les enfants surtout que je l'ai fait; je ne voulais pas qu'ils pussent venir fureter partout et rétablir le désordre dans tout ce que j'avais rangé. Je n'ai pas un instant pensé que vous en auriez de la peine, sans cela je m'en serais abstenue, je vous assure; d'ailleurs à l'avenir vous prendrez quelques provisions dans votre cuisine, pour n'avoir plus à m'en demander chaque fois.

« — Oh! mademoiselle est bien bonne, reprit-elle en soupirant; mais à l'avenir ce sera avec ma remplaçante qu'il y aura à s'entendre.

« — Vous tenez donc beaucoup à vous en aller, Catherine? demandai-je.

« — Oh! non, dit-elle tout émue; cela me fait du chagrin de quitter un si bon maître et une jeune maîtresse si gentille qui veut bien prendre garde à ma peine, et, si j'étais sûre de convenir encore à mademoiselle, je la prierais de me pardonner ma sottise et de me conserver.

« — Je ne demande pas mieux, ma bonne Catherine, puisqu'il y a eu de ma faute sans le vouloir; mais votre sœur?...

« — Il y a bien longtemps qu'elle est malade, mademoiselle; c'est sa fille qui la soigne, et si je pouvais dans quelque temps obtenir un petit congé pour aller la voir, je serais bien heureuse; ma nièce viendrait me remplacer pendant ce temps.

« — Certes, on vous accordera ce congé, Catherine; mais savez-vous ce qu'il faut faire auparavant? Apprenez-moi la cuisine pour que père ne s'aperçoive pas trop du changement quand vous vous absenterez.

« — Ce sera avec joie, bonne mademoiselle, s'écria-t-elle, et si vous voulez, nous commencerons tout de suite. Ce que monsieur préfère à tout, ce sont les plats sucrés. J'allais lui faire une crème au chocolat pour le déjeuner; si mademoiselle veut l'entreprendre, je lui dirai ce qu'on doit y mettre. »

« J'acceptai avec plaisir. Aussitôt nous fîmes bouillir notre demi-litre de lait avec une demi-livre de sucre, que nous laissâmes refroidir. Puis, après avoir mis cinq jaunes d'œufs à part, elle me les fit battre et délayer avec le lait sucré, et enfin nous y ajoutâmes deux tablettes de chocolat ramollies et broyées à l'avance dans une petite casserole.

« Il paraît que ma façon de battre tout cela fut *supérieure,* d'après Catherine, dont l'épanouissement montrait combien elle était fière de son élève. Pauvre fille! elle paraissait si contente de m'apprendre quelque chose, et en même temps elle était si modeste dans sa manière d'enseigner, que j'eus plus de remords encore de l'avoir vexée.

« Ce n'était pas tout : la crème ainsi préparée et passée dans un tamis, nous la mîmes dans des petits pots pour la faire pocher pendant quarante minutes au bain-marie. Mais je vous raconte tous ces détails, Mammy chérie, comme si vous ne saviez pas faire une crème; que je suis donc enfant! J'ai besoin de vous prouver sans doute que je tiens ma recette par cœur et que je serais prête à recommencer toute seule.

« Dame! un premier succès peut quelquefois vous griser, et le mien fut complet. Papa, mes frères et même Marguerite, prétendirent qu'ils n'avaient jamais mangé de crème plus exquise. Ils se mirent tous à la savourer à qui mieux mieux, et René déclara que « son pot était trop petit pour quelque *çose* de si bon ».

« Au dire de mon cher père, je pensai : Il y ajoute l'appoint de sa tendresse pour sa fille et le désir de l'encourager. De Roger et de Marguerite, je pus croire aussi à une complaisance du même genre; mais, quand René y plaça son éloge, je dus convenir que c'était sincère; car à six ans on ne déguise guère la vérité, et on ne connaît pas surtout le mensonge officieux, dans le but de faire plaisir.

« Il n'y a donc pas à m'en défendre, bonne Mammy, j'ai été investie de l'ordre du cordon bleu à ma première épreuve. C'est Catherine qui en montra le plus d'orgueil; elle vint déclarer à père que « j'avais des dispositions « *straordinaires;* que je faisais tout ce que je voulais ». Je pensais en dedans de moi : Même de la peine à qui ne le mérite pas.

« Je ne formulais pas cette idée à haute voix, pour

« Le lendemain, Catherine me rapportait la clef. »

éviter de réveiller les vieilles douleurs; mais en présence de l'enthousiasme de la brave fille, si dépourvue de toute rancune, je reconnus une fois de plus toute la sagesse des bons avis de ma chère Mammy, et je lui envoyai du fond du cœur une pensée reconnaissante.

« Je demande la permission de la lui transmettre aujourd'hui avec les millions de baisers de

« Sa JEANNE à toujours.

« *P. S.* Un grand événement se prépare. Père, ayant terminé le travail qui le retenait ici, est décidé à partir la semaine prochaine pour les Ablettes. Il m'a avertie qu'il faudrait avant ce départ faire quelques visites pour prendre congé. Cela m'apparaît comme une sorte d'entrée dans le monde et m'épouvante. Voir quantité de gens malveillants qui éplucheront vos moindres gestes, vos moindres paroles, c'est un vrai tourment. Si encore vous étiez là pour m'apprendre comment il faut m'habiller, me tenir, me comporter pour être trouvée à peu près au goût de tous; mais seule avec papa, c'est effrayant! Si nous pouvions ne rencontrer personne! » . . . .

VI

COUP D'ŒIL EN ARRIÈRE

Ce serait, nous semble-t-il, le moment de faire connaître plus à fond nos personnages.

On a déjà compris un peu de l'affection qui unissait Mme de Brécourt à Mlle Davrignac; mais il nous reste à dire que l'aimable dame, qui se prêtait avec tant de dévouement au rôle de conseillère, se regardait un peu comme la parente de M. Davrignac depuis qu'elle avait jadis puissamment contribué à son mariage avec Mlle Edmée de Nordez, sa meilleure amie, une sorte de sœur cadette.

Des relations d'affaires avaient ensuite augmenté l'intimité des deux ménages de Brécourt et Davrignac.

Jean Davrignac, élève de l'École d'architecture des beaux-arts, était venu, sous la recommandation d'un de ses proches, commencer sa carrière pratique chez M. de

Brécourt, architecte déjà en renom, et celui-ci, ayant remarqué les aptitudes intelligentes et travailleuses du jeune homme, s'était pris pour lui d'un intérêt qui n'avait pas tardé à dégénérer en une vive affection. Son mariage avait achevé la liaison, et M. et Mme de Brécourt s'étaient appliqués à aplanir chez leurs protégés les difficultés d'un début, toujours un peu aride lorsqu'il s'agit de se créer une clientèle.

La destinée voulut que ce qui avait été du désintéressement de la part du grand architecte devînt un bienfait au profit de sa famille. M. de Brécourt étant mort encore à la fleur de l'âge, Jean Davrignac reprit son cabinet, en offrant lui-même à la veuve de lui allouer la moitié de ses bénéfices pendant quinze ans.

C'était une fortune pour Mme de Brécourt, à qui il restait un fils de dix ans, le petit Hubert, que l'on venait de mettre en pension au collège Stanislas.

De ce moment se trouva plus absolument constituée cette parenté du cœur, qui fait de certains amis une famille d'élection, souvent plus conforme à vos sentiments que celle qui vous est imposée par les liens du sang.

Les enfants de Brécourt et Davrignac, élevés ensemble, se retrouvaient à toutes les occasions de sorties et de vacances. Ils ne semblaient former entre eux qu'une même branche dont Hubert se trouvait être l'aîné, sinon le chef.

D'un caractère sérieux et réfléchi, ce jeune homme s'était senti de bonne heure porté vers les sciences. A dix-huit ans il entrait à l'École polytechnique, et il en sortait à vingt et un ans officier de génie, promettant une brillante carrière. L'année suivante, il saisissait avec empressement l'occasion d'avancement que devait lui procurer l'expédition du Tonkin.

Son départ pour cette colonie avait été un réel chagrin pour la pauvre veuve, qui, tout en étant fière de la bravoure de son Hubert, ne pouvait s'empêcher de concevoir des inquiétudes sur sa santé, sous un climat parfois inclément.

Mme de Brécourt savait que souvent la gloire coûte cher, et que trop de fois, hélas! son rameau ne verdit qu'arrosé par les larmes des mères. Le reverrait-elle jamais, cet enfant tant aimé, qui depuis la mort de son mari avait été le seul lien capable de la rattacher à l'existence!

Sans doute elle l'espérait, ayant par-dessus tout confiance en la protection divine, qu'elle avait tant implorée en sa faveur. Alors elle se reprenait à caresser pour lui certains rêves d'avenir auxquels Jeanne ne demeurait pas étrangère. Si elle pouvait, pensait-elle, faire de cette douce enfant une véritable fille en la donnant pour épouse à son cher officier dès qu'il serait capitaine, combien elle bénirait la Providence!

Elle avait cru comprendre que M. Davrignac ne serait pas opposé à ce projet. Il aimait Hubert, qui l'appelait *mon oncle,* de toute l'affection d'un second père; et elle savait, d'autre part, qu'il était homme à faire passer les qualités du cœur et de l'intelligence bien au-dessus des avantages d'une plus grande fortune. Il avait déclaré, d'ailleurs, que jamais il ne contrarierait les idées de sa fille dans le choix d'un mari et qu'il était décidé d'avance à accueillir n'importe quel gendre, du moment où il présenterait des garanties morales de premier ordre.

Toutefois aucun projet n'avait été formulé entre les jeunes gens, le père de Jeanne jugeant imprudent pour l'un comme pour l'autre de laisser engager un avenir, alors qu'on n'a encore de part ni d'autre aucune expérience de la vie, et par conséquent aucune raison pour motiver son choix.

A un vœu que Mme de Brécourt avait émis un jour devant lui, le sage père avait répondu :

« Croyez-moi, chère Marie, laissons ces choses entre les mains de Dieu; elles sont sous bonne garde, et ne donnons pas à ces enfants des préoccupations en dehors de leur âge; nous gâterions toute leur belle jeunesse, et vous le savez, hélas! on n'en a qu'une qui passe bien rapidement. Faisons en sorte de la leur rendre heureuse autant que possible. »

Mme de Brécourt, en femme sensée, approuva ce raisonnement, et Hubert et Jeanne se séparèrent en vrais cousins, ou mieux comme un frère et une sœur, promettant de s'écrire pour rendre la séparation moins pénible.

Ni l'un ni l'autre n'avait manqué à cet engagement fraternel. Hubert écrivait le plus souvent possible, surtout à sa chère mère, dont il comprenait tout le chagrin et l'inquiétude; mais pas encore une fois il n'avait laissé pressentir un espoir, même lointain, de retour.

Pour achever son épreuve, Mme de Brécourt avait dû quitter Paris, ses chers amis et toutes ses habitudes, afin d'aller soigner sa vieille mère, devenue sérieusement malade.

Cette dame, qui depuis longtemps ne jouissait plus d'une excellente santé, n'avait jamais consenti à abandonner la campagne où elle habitait avec sa plus jeune fille, malgré les prières de son aînée, qui désirait l'attirer à Paris dans l'espoir de lui offrir des soins plus intelligents. Elle trouvait aussi, jusque-là, qu'une seule personne suffisait auprès d'elle, et Mme de Brécourt se contentait de visites fréquentes et peu prolongées. Mais, cette fois, une consultation avait eu lieu avec un médecin amené de Paris par la veuve de l'architecte, à qui son amour filial donnait de sérieuses inquiétudes.

Le prince de l'art avait un peu rassuré les deux sœurs en leur affirmant que le mal n'était pas mortel, mais qu'il serait très long, et que même il ne lui était pas possible d'assigner un terme probable à cet état maladif.

Il y avait plusieurs mois déjà que cette situation existait, réclamant toujours la présence des deux sœurs. Pourtant une légère amélioration avait été constatée par Mme de Brécourt dans une lettre à M. Davrillac; mais elle était trop peu importante pour que l'aimable dame pût songer à s'absenter afin de venir rendre service à ses amis.

Heureusement qu'en cette occasion on pouvait user de la correspondance.

VII

OU JEANNE DOIT COMPRENDRE LES OBLIGATIONS SOCIALES

Aux dernières nouvelles données par Jeanne, Mme de Brécourt répondit :

« Autant la première partie de ta lettre m'a fait plaisir, autant j'ai été stupéfaite du post-scriptum. Comment! c'est toi, à ton âge, qui manifestes une pareille sauvagerie? On dirait vraiment que tu sors d'une taupinière et que tu redoutes même la lumière du soleil. Tu sais pourtant bien que l'Éternel a dit au commencement du monde : « Il n'est pas bon que l'homme soit seul, » et qu'il fit essentiellement sociable sa créature la plus parfaite. Pour cela même notre instinct, à défaut de nos intérêts, nous pousserait à nous créer des relations.

« Elles sont forcément de différents genres, selon les degrés de sympathie, les rapprochements de position ou la corrélation des intérêts; mais toutes ont leur côté utile et concourent à former aux usages du monde. Pour faire ces fameuses visites, tu vas t'habiller avec goût, sinon avec coquetterie; car si la coquetterie, qui vise l'affectation des manières et la prétention, est une chose insupportable et même blâmable, elle devient légitime lorsqu'elle se borne au goût et qu'elle indique un esprit d'ordre, le désir de tenir dignement son rang et de rendre sa vue agréable.

« On obtient ce résultat sans se montrer tellement fanatique de la mode qu'on ressemble toujours à un mannequin nouvellement édité. Une femme intelligente sait se mettre en garde contre les engouements passagers de la déesse fantaisiste en choisissant parmi eux, ou un peu à côté, ce qui la pare véritablement et non pas ce qui la singularise. Elle sait que la suprême élégance consiste moins dans la richesse des tissus que dans le choix harmonieux qu'on sait en faire.

« Elle évitera de se parer d'une profusion de bijoux qui la feraient ressembler à une vitrine de joaillier. Une bague à la main droite, un porte-bonheur, une broche-agrafe, sont à peu près tout ce que se permettra la jeune fille distinguée.

« On ne doit pas s'habiller pour les visites intimes avec autant de recherche que pour les visites de cérémonie; mais il est bon de faire de loin en loin à ses amies une visite en grande toilette, fussent-elles dans une situation modeste. C'est une manière délicate de leur prouver qu'on les tient en aussi haute considération que n'importe quel grand personnage.

« Il va sans dire que des gants frais doivent toujours accompagner une robe neuve; quelquefois ils servent à relever une toilette qui ne serait plus absolument irréprochable. On les porte blancs ou très clairs, même dans les visites les moins cérémonieuses.

« Que te dire du maintien? L'idéal sur ce point n'est plus, comme au temps de nos grand'mères, de conserver le corps dans une raideur inflexible; on ne citerait plus de nos jours comme modèle de savoir-vivre le gentilhomme qui, en 1830, avait fait le tour de l'Europe « sans toucher du dos le fond de sa calèche ».

« Nous sommes moins exigeants en accordant que les articulations ont été données au corps pour s'en servir, et en permettant certains gestes, lorsqu'ils ne s'exercent pas en trop grande abondance et hors de propos.

« Il est bien certain que les gens qui ne tiennent pas en place, qui se lèvent, qui s'agitent, qui marchent dans une pièce, qui balancent leurs pieds ou tourmentent sans cesse un objet quelconque, à la grande inquiétude parfois de la maîtresse de maison, sont insupportables; que ceux qui lèvent les yeux au ciel, les bras en l'air, qui contournent leurs lèvres pour parler, qui roulent leurs prunelles, qui étalent à tout instant leur main ouverte en éventail, qui se pâment, qui se renversent en riant aux éclats, qui remuent la tête à chaque mot avec la précipitation d'un pantin dont on tirerait le fil, abordent le domaine du ridicule.

« Il n'est pas davantage permis à une jeune fille bien élevée de braquer son lorgnon sur une personne inconnue, de regarder fixement qui que ce soit dans n'importe quel endroit, pas plus qu'elle n'aurait le droit de se retourner dans la rue, sous aucun prétexte, pour examiner quelqu'un qui viendrait de passer près d'elle, ce qui lui donnerait un air effronté; de parler à haute voix, de s'étendre sur des fauteuils, de s'accouder sur les tables et de prendre enfin des manières cavalières que l'on rencontre trop souvent, hélas! dans un certain monde, dit fashionable, de Paris, où la jeune fille, imbue de prétendus principes américains, prend des airs fendants, monte à cheval, à bicyclette, chasse, canote, patine, selon les saisons, et conserve en tous temps cette attitude émancipée qui la rend redoutable pour le présent et pour l'avenir.

« Je sais que ma Jeanne est trop loin de ce type exotique pour avoir jamais la moindre velléité de s'en rapprocher. Elle évitera toute extravagance dans la conversation et les grands mots pour peu de chose; elle ne prodiguera pas non plus à ses amies des démonstrations exagérées, sous lesquelles on sent l'affectation bien plus que l'affection; mais, en revanche, elle apportera dans ces rapports une grande loyauté de caractère, ne profitant pas de l'intimité pour découvrir et révéler les fautes d'autrui, n'enviant aucun de leurs avantages en beauté, fortune, talent, et cherchant au contraire à les faire ressortir charitablement, comme une chose qui la rendrait elle-même heureuse et fière.

« Si j'avais un scrupule à émettre, ce serait de lui voir pousser peut-être un peu trop loin cet oubli de soi-même, et de le faire dégénérer en une timidité excessive, qui paralyse parfois aux yeux du monde les plus brillantes qualités.

« Certes, il faut par-dessus tout éviter un aplomb de mauvais goût; mais on doit, presque avec autant de soin, se garder d'une réserve outrée et gauche qui permet de répondre à peine par monosyllabes aux questions qui vous sont adressées, et font mal augurer de votre intelligence. Il n'appartient pas à tout le monde de savoir soulever la feuille qui dérobe la violette aux regards, et il est rare que les natures sauvages soient jugées à leur propre valeur.

« Donc, ma chère enfant, ce qu'il faut chercher à acquérir, c'est l'aisance, qui est le complément de la grâce, et qui seule peut délivrer de cette sorte de souffrance que les caractères trop timorés éprouvent à se produire.

« On l'obtient, je le sais, par la fréquentation du monde et surtout de la bonne compagnie, dont tu es destinée à subir le contact. Mais si tu veux que je t'apprenne le moyen d'y parvenir plus rapidement, je te dirai qu'il réside dans une modestie véritable. C'est en se dépouillant de toute espèce de prétention, en évitant de jouer un rôle, et surtout en se persuadant que les personnes qui vous entourent ont mieux à faire que de diriger constamment sur vous des regards que vous n'avez tenté en rien d'attirer.

« Ne pas se faire remarquer, c'est là le point essentiel : laissons-nous passer inaperçues, nos maladresses y passeront avec nous, et nous serons aussi d'autant moins guindées que nous serons moins obsédées de la peur de l'être.

« Il ne faudrait pas, sous prétexte d'éviter les inconvénients signalés plus haut, prendre l'attitude ni le masque d'une statue.

« Sans doute on doit s'habituer de bonne heure à dominer ses impressions, comme, par exemple, ne pas se laisser aller à un fou rire souvent impoli ; à réprimer un bâillement en écoutant un interlocuteur peu amusant ; à entendre, sans étonnement ni ennui apparent, raconter plusieurs fois la même anecdote ou le même bon mot ; à avoir même un sourire aimable pour ce dernier ; à paraître prêter toute son attention à des détails prosaïques ou fastidieux, dans le seul but d'être poli et de ménager l'amour-propre ou la susceptibilité d'autrui.

« D'autre part encore, la jeune fille, tout en plaçant au-dessus de tout une candeur qui fait son charme, devra se défier d'une pruderie exagérée, et si dans la conversation une chose un peu légère se trouvait dite devant elle, ce serait du tact de sa part que de paraître n'y pas prendre garde, plutôt que de la souligner, pour ainsi dire, par des airs de colombe effarouchée.

« Mais si nous ne devons pas permettre à notre visage de refléter la mauvaise humeur, le dédain ou la raillerie, en revanche, on n'a pas à dissimuler les pensées généreuses de l'âme, celles qui traduisent le plaisir que fait éprouver une bonne parole de l'interlocuteur, ou la peine que soulève en nous le récit de quelque événement fâcheux. Le savoir-vivre ne confine pas forcément à l'indifférence, et il y a bien plus de politesse ineffable du cœur à laisser lire sur ses traits une émotion véritable, une joie, une compassion, voire même une larme, qu'à se composer un visage impassible sous lequel rien ne semble vibrer.

« Ce qu'on repousse, c'est l'exagération, qui sonne faux comme tout ce qui est mensonger.

« En résumé, la meilleure façon de rendre le geste vrai, c'est de l'être soi-même; car un savant médecin a dit : « Il n'y a pas une seule pensée qui ne se traduise « par un mouvement, par un geste, par une attitude « involontaire. »

« Avis aux gens emportés, jaloux ou égoïstes; s'ils ne cherchent pas à dominer leurs passions, il pourra arriver telle circonstance imprévue et subite où un geste trahira leur pensée secrète et mauvaise : il ne faut pas compter paraître longtemps bienveillant, si on ne l'est en réalité.

« Quant au son de la voix, en parlant, on doit veiller à ce qu'il ne soit ni fort ni faible, ni sec ni perçant. Le verbe haut indique, chez la jeune fille surtout, une certaine vulgarité, dont il est utile de fuir même l'apparence, et un ton de commandement qui lui messied à tous égards; mais il ne faut pas, pour obvier à ce défaut, diminuer le volume de sa voix au point de ne plus sembler pouvoir ouvrir les lèvres, et que la parole ressemble alors à un murmure, fatigant à suivre sinon à deviner.

« Une voix brève et coupante paraît l'écho d'un manque d'aménité ou d'une sécheresse de nature, tandis qu'une voix douce va du cœur au cœur.

« Ces voix, dont l'harmonie sait convaincre, échauffer, toucher parfois jusqu'aux larmes, sont un don réel du Créateur; mais de même qu'on peut embellir son visage par une physionomie aimable et bonne, de même on peut assouplir sa voix en la modérant et en la ramenant à une juste mesure d'intonation, et c'est ce que je voudrais te voir entreprendre à l'égard de ta jeune sœur. Ce travail en vaut la peine, ma chère Jeanne; car, presque toujours, en dominant sa voix on domine son caractère. Il n'est guère possible de se livrer à des excès d'emportement lorsqu'on veut conserver un organe doux et flexible.

« A propos d'instrument, puisque la voix en est un et le plus beau de tous, je dois dire en passant que, si dans une réunion une jeune fille est priée de chanter ou de jouer du piano, elle ne doit pas se faire solliciter à plusieurs reprises pour finir par céder ensuite. Il est préférable de s'exécuter simplement et de bonne grâce, à moins qu'on ne soit pas sûr de sa voix ou du morceau demandé, auquel cas on accuserait humblement et aimablement son incapacité de façon à arrêter toute instance; car on ne doit jamais se produire qu'avec l'intention de faire plaisir, et non pas avec l'arrière-pensée que l'on peut blesser et importuner des oreilles musiciennes.

« La marche nécessite aussi quelques observations : elle ne doit être ni lourde, ni sautillante, ni traînante, mais posée et gracieuse, même si l'on doit aller vite. Un pas égal et mesuré est le meilleur, le moins fatigant et le plus convenable. Le femme ne doit courir en marchant que dans des circonstances exceptionnelles.

« Les bras, même s'ils n'ont pas d'occupation fixe, comme celle de retrousser la robe ou de porter l'ombrelle ou autres accessoires, ne pendront pas le long du corps, mais seront repliés à la hauteur de la ceinture.

« Le corps sera droit aussi pendant la marche, c'est-à-dire qu'on tendra le jarret et qu'on redressera le buste et la tête. En éducatrice soigneuse, dis bien à Marguerite que celle-ci ne doit pas faire l'office d'une girouette, tournant à droite ou à gauche avec des airs inquisiteurs à l'égard des passants ou des habitations ouvertes. Il est assurément permis de porter les yeux sur ce qui se présente devant soi (quoiqu'il existe des choses dont on détourne la vue, par considération pour sa propre personne); mais on gardera toujours une certaine discrétion, sans chercher à voir au delà. De plus, le regard doit être franc, se porter à quelques pas en avant, et non rester tourné en l'air ou obstinément baissé, ce qui, dans l'un ou l'autre cas, vous expose à heurter les passants.

« Je crois, cette fois encore, ma tartine assez longue pour que tu doives la grignoter par petites parties.

« J'attends à mon tour que tu me fasses part de tes impressions et que tu me racontes avec force détails le résultat de ce que tu appelles si bien ton entrée dans le monde. Je t'y suis par la pensée et par toute mon affection.

« MARIE DE BRÉCOURT. »

VIII

LES PREMIÈRES VISITES

La semaine suivante, Jeanne écrivait :

« Je n'aurais garde, chère et bonne Mammy, de ne pas vous raconter notre fameuse *tournée* de visites. Il me semble que cela me reposera de l'avoir accomplie pendant six grands jours.

« Quand je dis six jours, ce n'est peut-être pas tout à fait exact, puisque hier c'était notre tour à rester à la maison et à attendre la réciprocité.

« Nous avions dû prendre le jour de chacun, ce qui nous obligeait à ne faire qu'un nombre limité de visites, chaque fois, et souvent dans des quartiers bien différents.

« J'avais mis pour la circonstance une robe de crépon gris garnie de blanc sur le corsage, et un chapeau de paille avec tulle blanc et bluets nuancés. Je crois pouvoir dire, sans fausse modestie, que ma toilette était gentille. Ce fut d'ailleurs l'opinion de mon cher petit père, qui, en me voyant promptement habillée, me fit d'abord compliment sur ma vivacité et le peu de temps que j'avais employé à me bichonner ; puis il ajouta :

« — Si tu n'étais pas ma fille, je te dirais que tu es charmante ainsi ; je crois presque revoir ta mère, lorsqu'elle m'apparut pour la première fois. »

« Et il m'embrassa avec attendrissement. Moi aussi j'étais émue par ce cher souvenir, émue et presque heureuse, car il n'est pas pour moi d'éloge plus doux que d'entendre exprimer que je ressemble à cette pauvre chère mère. Ah! si cela pouvait être! Si j'arrivais à paraître telle à des yeux moins prévenus et moins indulgents que ceux de papa!

« — Je vais être fier, me dit ce bon père, de t'avoir à mon bras; mais pour toi c'est une corvée, pauvre petite! Cela t'ennuie, je suis sûr, ces visites?

« — Parce que je n'en ai pas l'habitude, répondis-je; mais je suis toujours contente d'être avec toi. »

« Nous partîmes. Père consulta sa liste, et il me fit en route une sorte d'historique des personnes que nous allions voir, en ajoutant gaiement :

« — Il faut bien, comme dit l'ogre du conte, savoir qui l'on mange. »

« La personne que nous devions avaler en premier, c'était Mme Dubosc, la femme du député de la circonscription des Ablettes, pour lequel papa a déjà fait différents travaux et chauffé aussi, paraît-il, la candidature. C'est sans doute ce qui nous valut un si chaleureux accueil de la maîtresse de maison, dont l'exubérance me surprit.

« Elle me fit mille compliments sur ma toilette d'abord, puis sur mon genre, sur ma taille, que sais-je? au point que j'aurais voulu pouvoir me dissimuler derrière un paravent, et que je trouvais parfaitement insupportable d'avoir à la remercier de choses qui me gênaient et me déplaisaient plus que je ne puis le dire.

« Il fallut supporter ce flot roulant d'éloges exagérés devant un auditoire assez nombreux, car le salon était plein. Mme Dubosc y débitait des fadaises à droite et à gauche, mais, je dois le dire, pas une parole de médisance. Cela m'étonna agréablement; je me disais déjà :

« Est-ce que le monde ne serait pas aussi méchant qu'on me l'avait dépeint?

« Cette pensée me rendit un peu d'ardeur pour continuer notre exploration; mais ce fut un feu de paille.

« Au sortir de chez la trop aimable Mme Dubosc, nous nous rendîmes chez Mme Mortain. Là c'était une personne grande, mince, au teint jaune et à l'aspect aussi froid que maigre. En entrant dans son salon, on croit prendre une douche. Son mari est sculpteur, et on dirait qu'il a lui-même taillé sa femme dans un de ses blocs de pierre. Son premier mot fut pour exhaler un reproche.

« — Enfin ! dit-elle en allongeant mollement et comme à regret sa main vers père, j'ai cru vraiment, monsieur Davrignac, que vous ne daigneriez pas nous présenter mademoiselle votre fille.

« — Mais, madame, répondit père courtoisement, nous n'avons pas encore fait de visites.

« — Il me semble, fit-elle avec une certaine acrimonie, qu'en qualité d'anciennes connaissances, nous avions droit à plus d'empressement de votre part. Nous le disions, il y a quelques jours encore, avec mon mari.

« — Votre remarque affectueuse ne peut que me flatter, dit papa avec une bonhomie que j'admirais, alors que le mot « chipie » venait très irrévérencieusement à mon esprit; mais votre mari sait bien ce que c'est que les affaires, elles vous empêchent très souvent de remplir les meilleurs projets.

« — S'il ne le savait pas, reprit-elle avec amertume, je pourrais le lui rappeler, attendu que je suis moi-même la victime de son absorbante profession. »

« Et alors commencèrent des doléances qui se terminèrent par le conseil, à moi donné par cette Égérie, de n'épouser jamais ni un architecte ni un artiste.

« Je me souvins de vos avis, chère Mammy, et je réprimai un bâillement qui, s'il s'était effectué, eût été capable de me décrocher la mâchoire.

« — C'est une bonne personne, me dit père en sortant; mais il faut la connaître. Elle se plaint toujours, se pose en incomprise.

« — Alors, répondis-je, elle oublie la règle du savoir-vivre qui veut qu'on parle de soi le moins possible, pour ne pas en ennuyer les autres.

« — Oh! absolument. Mais tu vas entendre Mme Lavergagne : c'est un tout autre genre; tu me diras si tu le préfères à celui-ci. Là il y a des jeunes filles.

« — Ah! tant mieux! » fis-je avec satisfaction.

« En effet, Mme Lavergagne, qui est la femme d'un haut fonctionnaire, siégeait dans son salon, escortée de ses deux filles, que je nommerais volontiers deux crécelles, si je ne craignais de céder au penchant peu charitable qui les caractérise.

« Ces trois dames ont un feu, une animation, et ce que papa appelle un bagout extraordinaire. Chez elles, tout passe au crible; on relève les défauts physiques autant que les travers de chacun; nul n'est ménagé, nul n'échappe au brûlant de leur esprit. Les personnes qui entrent, et il y en a beaucoup, sont accueillies avec force démonstrations; on leur parle de la laideur de Mme une telle, du mauvais goût de Mme telle autre, de la voix fausse de sa fille, des prétentions de son fils, de l'absurdité de son mari, donnant à entendre qu'entre ces personnes et celles à qui on s'adresse il n'y a pas le moindre parallèle à établir. Puis, aussitôt que celles-ci sont parties, le même système recommence à leur égard; elles sont à leur tour déshabillées et façonnées par la langue perfide des trois mégères que rien n'arrête lorsqu'il s'agit pour elles de décocher un trait piquant ou de railler, avec la prétention d'être spirituelles.

« Ah! que je me sentais mal à l'aise en face de ces éplucheuses brevetées, qui ne craignaient pas, au milieu de leurs diatribes, d'employer des mots d'argot, de parler des *gaffes* des uns, du manque de *chic* des autres, avec une aisance qui en révélait une certaine habitude!

« Je me rendais bien compte qu'on allait employer les mêmes expressions envers ma petite personne, et cela redoublait ma timidité. A un moment donné, le trio se mit à tomber à coups redoublés de langue et de malveillance sur une famille que nous connaissons et que papa apprécie beaucoup. Ce cher père ne répondait pas d'abord, hésitant à entamer une controverse avec des esprits si entichés de critique; mais ce silence était visiblement désapprobateur.

« Tout à coup l'aînée des filles, avec une audace inqualifiable, s'écria :

« — Vous pensez comme nous, n'est-ce pas, monsieur Davrignac?

« — Pas précisément, mademoiselle, répondit alors père bravement. Je connais beaucoup cette famille, et je la tiens en très haute estime; ce sont de mes amis. »

« Cela jeta un froid sur les discours incendiaires de ces dames, mais ne parvint pas à les éteindre. La médisance était rallumée sur un autre terrain au moment où nous nous levions pour terminer notre visite.

« Je commençais à respirer mieux lorsque nous fûmes dehors de ce salon, et je demandai à père pourquoi il venait tant de monde voir ces dames.

« — C'est parce qu'elles donnent des soirées, me répondit-il; on danse chez elles l'hiver, et Paris sacrifie beaucoup à ce besoin de s'amuser.

« — J'espère que nous n'y viendrons pas souvent! m'exclamai-je.

« — Le moins possible; seulement nous sommes exposés à rencontrer ces gens dans le cercle de nos relations, et M. Lavergagne a eu l'occasion de m'être utile; je ne puis donc, par reconnaissance même, cesser tout rapport. Mais, sois sans crainte, nous n'en abuserons pas. »

« Après ces dames, nous en vîmes d'autres que je n'ai pas besoin de vous nommer, chère Mammy : celles qui posent pour la dignité froide et le pédantisme. Sous prétexte qu'en s'adressant à papa elles parlaient à un homme qui connaît les arts, elles transformèrent notre visite en une sorte de conférence où les mots techniques se mariaient à des expressions de langage si perfectionnées, que c'en était agaçant. Elles voulaient que nous nous *accoutumassions* à aller les voir souvent, que nous nous *rangeassions* à leurs avis, et que je *dévorasse* tout un traité d'agriculture pour pouvoir aider père à faire ses plans. *Elles-z-étaient-t-allées-z-à Londres-z-un mois-z-auparavant,* et parlaient du *roulis-z-écœurant-t-et oscillateur* avec des liaisons à vous donner le mal de mer.

« La visite qui vint ensuite fut celle de Mme Dormois. C'était le jour enseignant, paraît il, car Mme Dormois semble toujours prêcher en parlant. Elle rappela qu'elle avait connu ma pauvre maman, et pour ce fait me débita une foule de conseils, en s'offrant à m'en donner d'autres si je le désirais. Elle aussi a une fille, et cette personne, Mlle Laure, m'a paru élevée avec un genre si négligé, que les conseils de la maman ne me tentent guère. Mlle Laure parle à tout instant de M. *Chose* ou de Mme *Machin;* elle s'écrie, à propos de tel ou tel personnage dont on cite le nom : « Oh ! *çui-ci* n'est pas drôle ! » ou si on lui raconte quelque anecdote, elle dira ; « Possible ! » ou « Ça n'a « pas d'intérêt. »

« En somme, elle a l'air vulgaire et ne me paraît pas présenter un type d'éducation bien remarquable. Là encore j'ai dû penser aux sages recommandations de ma bonne Mammy pour ne pas être prise d'un fou rire en présence d'une maman qui semblait pontifier, pendant que sa *demoiselle* visait au langage du gamin parisien.

« A la suite de ces dames, nous vîmes les familles Varnier, Léchelle, Civrac, Morin, Saint-Pierre, de Marlière, etc., que vous connaissez trop pour que j'aie rien à vous en apprendre.

« En résumé, j'aurais trouvé le monde absurde, méchant ou banal, si je n'avais eu le grand bonheur de m'y faire une amie dans la fille du docteur Lerminier, Mlle Marie-Louise.

« C'est une personne tout à fait charmante, jolie, instruite et de bonnes manières. Elle a deux ans de plus que moi et dirige déjà depuis plusieurs années le ménage de son père, devenu veuf à la naissance de Marie-Louise. La pauvre fille n'a donc pas connu sa mère. Est-ce cette similitude de situation qui nous a attirées l'une vers l'autre? Je ne sais. Mais toujours est-il que nous avons éprouvé une sympathie réciproque; au moins puis-je parler de ce que j'ai ressenti, et Marie-Louise m'a témoigné le même sentiment. Elle est très bonne musicienne, chante, dessine et lit beaucoup. Elle doit me prêter des livres, des partitions; nous ferons de la musique ensemble. Ce sera un stimulant pour moi.

« Le docteur s'est grandement occupé de l'éducation de sa fille, parce qu'il l'a retirée de pension de bonne heure, et il tient à ce qu'elle la complète par la lecture. Aussi cela a profité, je vous assure. Sans qu'elle cherche à se mettre en avant, on voit qu'elle sait à fond bien des choses, même dans l'histoire de l'art. Ainsi, lorsqu'elle nous a rendu sa visite, — car elle nous l'a rendue dès hier, — elle s'est trouvée avec un collègue de père qui a voulu parler d'archéologie et a fait une grosse erreur historique, qu'il débitait avec le plus grand sérieux. Il s'agissait du château de Pierrefonds, si brillamment restauré par Viollet-le-Duc, et que ce monsieur prétendait fondé dès le XIe siècle, c'est-à-dire dans un style qui avait devancé son époque de près de quatre cents ans. La chose était si énorme, que père ne put s'empêcher de dire :

« — Êtes-vous sûr de ne pas vous tromper?

« — Certes, puisque j'ai visité les ruines avant la res-

Jeanne en visite avec son père chez le docteur Lerminier et sa fille.

tauration; je suis bien sûr d'y avoir vu quelques vestiges de cette époque ancienne.

« — Pourtant, put dire Marie-Louise aussitôt, il n'existait rien du premier château, tombé en ruines, dans celui que fit reconstruire Louis d'Orléans, en 1390, sur un autre emplacement, et qui est une des merveilles du moyen âge. »

« En présence d'une affirmation aussi précise, l'archéologue d'aventure s'arrêta, surpris et confus.

« Père, pour effacer un peu l'effet produit, s'empressa de dire plaisamment :

« — Eh bien, mon cher, qu'en pensez-vous? Voilà une jeune fille qui a la mémoire plus exacte que la nôtre. »

« Quant à moi, j'admirais le savoir de Mlle Lerminier et je lui en enviais cette rectitude architecturale, elle qui n'est pourtant pas la fille d'un architecte; et je me dis que je devrais l'imiter, pour être au moins capable de causer d'art avec mon petit père et lui faire honneur.

« Mais voilà assez longtemps que je vous accapare, ma bonne Mammy, avec toutes mes histoires. Pardonnez-moi d'avoir tant abusé de votre indulgente attention, et n'y voyez que le besoin d'épancher en vous un cœur qui vous aime bien tendrement.

« Votre fille et amie,

« Jeanne Davrignac. »

IX

IL FAUT CHOISIR SES AMITIÉS

« Ma chère petite Jeanne, répondit presque aussitôt Mme de Brécourt, mon affection envers toi est trop profondément sincère et dévouée pour se montrer d'une indulgence excessive. Ta lettre, si pleine d'abandon et de franchise, m'a fait un immense plaisir par le fait même de l'intention qui l'a guidée; mais j'y ai trouvé différentes choses qu'il me faut relever pour répondre en conscience à nos conventions.

« D'abord, ma bonne chérie, je dois te louer de l'esprit d'observation dont tu as fait preuve en plusieurs cas.

Tu as parfaitement raison de ne pas admirer la conversation qui prend pour thème des éloges exagérés adressés à brûle-pourpoint et d'une façon aussi directe que malséante; ils n'arrivent qu'à faire rougir de confusion et à rendre mal à l'aise la personne à laquelle ils s'adressent, si peu modeste soit-elle.

« Il n'est pas mieux, en effet, de parler constamment de soi, de ses affaires, d'exhaler des doléances, de faire des reproches acrimonieux à ses visiteurs et de prendre tout prétexte pour se mettre en avant, alors que la règle absolue de la politesse doit être de s'effacer au profit des autres.

« Une femme dans son salon peut être comparée au pilote qui tient le gouvernail; si elle est habile, elle évite les écueils, les passes orageuses, pour conduire son navire en eau calme et dans des régions tempérées, où ne règnent ni la bise glacée ni les rayons brûlants, mais qu'éclaire un gai soleil, ce soleil brillant de l'esprit, que l'on a réputé propre au ciel français, dans les différentes phases de l'histoire.

« Pour bien remplir ce rôle, il faut éloigner les sujets épineux et avoir pour but de faire valoir les qualités de chacun selon ses aptitudes particulières, s'inspirant de cette pensée d'un moraliste :

« Le grand art de plaire dans la conversation est de « faire que les autres y soient contents d'eux-mêmes. »

« Ce que La Bruyère traduisait par une parole à peu près analogue :

« Dans la conversation, l'esprit consiste moins à en « montrer beaucoup qu'à en faire trouver aux autres. »

« Le plus sûr moyen d'y parvenir est de mettre chacun sur le terrain qui lui est personnel, soit d'après la profession qu'il exerce, soit d'après les goûts qu'on lui connaît dans les arts, les sciences ou la littérature.

« Encore ces sujets doivent-ils être abordés avec tact et en dépouillant tout caractère de curiosité personnelle capable de faire penser à l'interlocuteur que l'on recherche un intérêt propre et non son plaisir à lui. Il est des personnes qui aiment à être distraites de ce qui fait leur occupation constante, et d'autres qui s'y laissent ramener volontiers. A la maîtresse de maison de deviner, et ce n'est pas toujours facile; c'est pourquoi elle doit être solide au poste, habile et vigilante, afin de diriger la conversation de manière à la rendre générale et que tous puissent y prendre une part agréable.

« Sa surveillance redouble quand le nombre des visiteurs augmente; car alors, sans pousser la flatterie jusqu'à la rendre importune et gênante, elle doit dire un mot aimable à chacun, avoir l'esprit en éveil et l'attention soutenue pour suivre dans le flot général les dispositions de chacun de s'interposer par un mot adroit de conciliation ou de diversion, si elle entrevoyait le danger d'une discussion trop vive et menaçant de s'écarter des sages limites de la modération.

« De leur côté, il va sans dire que les visiteurs doivent se tenir sur la réserve, c'est-à-dire ne pas garder trop longtemps le dé de la conversation pour condamner les autres personnes au silence, sans savoir si ce qu'ils racontent intéresse la majorité des auditeurs; mais en même temps éviter un mutisme obstiné, qui laisserait supposer qu'on ne veut pas se donner à connaître par défiance pour ceux qui vous entourent, ou que l'on dédaigne de faire pour eux aucuns frais.

« On n'est pas obligé de parler beaucoup, puisqu'il y a le grand art de savoir écouter; mais un mot placé à propos, une réflexion judicieusement faite prouve que l'on s'intéresse à ce qui se dit et que l'on est intelligent. En un mot, il faut se montrer causeur et jamais bavard;

et, pour tout dire de la bonne conversation, elle doit être amusante et gaie sans grossièreté, spirituelle sans affectation et surtout aimable sans médisance.

« La médisance, a dit un philosophe, dénote ou une « petitesse d'esprit ou une noirceur de cœur. » Sans vouloir faire d'application spéciale au trio que tu me cites, ce qui serait également peu généreux de ma part, je mettrai en principe qu'une femme véritablement bien élevée saura toujours garder une certaine charité dans sa conversation et qu'elle répugnera à employer cette arme dangereuse de la moquerie, qui ne va guère sans un peu de diffamation, sentant bien que c'est s'abaisser soi-même que de détracter ceux qu'on reçoit, en raison du fameux proverbe : Dis-moi qui tu hantes, je te dirai qui tu es.

« Quant au langage, il doit être, selon ton sentiment, aussi éloigné du pédantisme que de la trivialité, c'est-à-dire simple sans vulgarité, facile sans négligence, élégant sans rigorisme.

« On raconte qu'un de nos académiciens les plus célèbres ne craignait pas de défier publiquement ses confrères d'écrire dix pages sans faire une faute d'orthographe. On aurait donc mauvaise grâce à réclamer pour la parole un purisme que la docte assemblée elle-même ne répond pas d'observer. Les imparfaits comme ceux que tu me cites sont, à vrai dire, aussi déplaisants que corrects, et l'on entendra toujours les personnes sans prétention tourner la difficulté par un sage infinitif. « Vous « devriez vous accoutumer, etc. » est autrement simple et même élégant que tous les *assiez* dont se pare la grammaire.

« J'en dirai autant pour les liaisons : trop de perfection est choquante; mais ce qui l'est plus encore, c'est la vulgarité de Mlle Laure, qui confine à l'impolitesse. Que les mots Chose, Machin, aillent donc au loin avec les mots d'argot qu'on cherche à implanter dans le monde si malencontreusement, et qu'on nous laisse cette belle tournure française si gracieuse et si distinguée!

« Bannissons aussi carrément *vos demoiselles* ou *votre dame,* pour le remplacer par *mademoiselle votre fille* ou *Mme une telle* (le nom du mari à qui l'on parle). N'ayons jamais non plus *l'avantage* de rencontrer quelqu'un, n'en ayons même pas *l'honneur,* à moins qu'il s'agisse d'une dame âgée que nous connaîtrions à peine. Pour les autres, contentons-nous du *plaisir,* et laissons *l'honneur* à ces messieurs, sous peine de sembler manquer de savoir-vivre.

« Passons maintenant à un autre ordre d'idées, ma petite Jeanne. Au risque de te paraître une vieille mère rabat-joie, il faut que je te dise : Défie-toi d'un défaut trop souvent commun à la grande jeunesse, et que j'appellerai l'*engouement,* c'est-à-dire un enthousiasme exagéré pour les mérites d'une personne que l'on voit pour la première fois et à laquelle on témoigne sa confiance, sans avoir pris le temps de juger si cette personne en est véritablement digne, au point de vue du caractère, j'entends. Il arrive que, dans une imagination facile à exalter, on suppose à son fétiche quelques-unes des qualités que l'on possède soi-même et dont on n'a pas pu encore recevoir la preuve chez une connaissance trop nouvelle.

« Tu devines bien qu'il s'agit de Mlle Marie-Louise. Ne la connaissant aucunement, je ne puis être taxée de partialité à son égard en te parlant comme je le fais. D'autre part, tu sais très bien que je crois plus que personne à la sympathie, ce sentiment inné qui attire les êtres les uns vers les autres et qu'éveille parfois un mot, une parole touchante ou un simple regard, qui font qu'on se comprend et qu'on devine entre soi des affinités ou conformités de goût et de pensée; mais encore faut-il que cet attrait soit raisonné ou, si tu aimes mieux, justifié par une étude plus approfondie, avant d'y livrer complètement son cœur, si on ne veut pas l'exposer à des déceptions et à des mécomptes.

« Sans cesse livré, sans cesse repris, a dit une personne « d'un grand bon sens, le cœur devient une hôtellerie « banale, où mille passants laissent des traces de leur « séjour éphémère. »

« Ce n'est point ainsi que se fondent les solides affections, celles que l'on conserve jusqu'au bout de sa carrière, celles qui établissent une sorte de parenté que consacrent le temps, et que cimentent les souvenirs communs, et parfois, hélas! les tristesses et les épreuves mutuellement partagées de l'existence.

« Pour me résumer : le titre d'ami a quelque chose de trop grave, de trop sacré pour qu'on puisse le prodiguer à la légère, ni même le prêter inconsidérément. Il faut avant tout acquérir la certitude qu'on a jugé sur le réel et qu'on ne s'est point égaré dans l'illusion, et cela me paraît difficile sur la simple entrevue d'une visite.

« Ne va pas croire au moins que je veuille, sous prétexte de t'épargner les inconvenients et, disons le mot, les dégoûts qu'on rencontre souvent dans des liaisons trop promptes ou trop superficielles, sous ce prétexte, dis-je, t'armer d'une méfiance telle que tu veuilles fuir systématiquement les relations nouvelles et arriver alors à une véritable insociabilité, qui te fasse repousser les marques de sympathie venant à toi. Il y a un sentiment qui doit en nous primer tous les autres, c'est celui de la bienveillance envers nos semblables. Les natures qui en sont dépourvues, et qui, dans une personnalité trop complaisante, pour ne pas dire orgueilleuse, font volontiers honneur à leur jugement de leur manque de charité, passent à l'égoïsme à force de sagesse.

« Mieux vaudrait encore, dans la conversation sociale, risquer de laisser quelques-unes des illusions de son cœur aux ronces du chemin, que de faire le vide autour de soi à force de scepticisme et de froideur.

« Donc je suis loin de blâmer l'attraction que tu éprouves pour Mlle Lerminier et la justice que tu rends à ses qualités artistiques; mais où je trouve que tu t'engoues sur ses sentiments moraux, sur sa modestie, c'est précisément dans la petite anecdote que tu me racontes, et où je ne puis l'admirer. Sais-tu bien qu'une des marques les plus généreuses de la politesse consiste précisément à savoir entendre sans sourciller certaines énormités historiques ou scientifiques, afin de ne pas blesser la personne qui s'est fourvoyée ? M. Davrignac l'a si bien senti, qu'il a simplement dit, d'après ton récit : *Êtes-vous sûr de ne pas vous tromper?* Or sois bien persuadée, enfant, que ton cher père, qui a fait une étude toute particulière des monuments historiques, qui en possède à fond tous les mystères à toutes les époques, eût pu mieux encore que Mlle Lerminier confondre son interlocuteur, et que s'il est demeuré impassible, c'est par une délicatesse de sentiment qui ressortait du cœur plus encore que du savoir-vivre.

« En pareille circonstance, un sourire même léger n'est pas permis, puisqu'il aurait également pour effet de se complaire dans une supériorité écrasante pour le prochain. Je m'étonne entre nous que ta nouvelle amie n'ait pas été gênée de l'avantage qu'elle acquérait au prix de la confusion d'une personne plus âgée.

« Je t'approuve hautement lorsque tu me parles de faire des études qui te permettront d'être moins étrangère aux travaux de ton cher père, et de lui offrir dans ta personne une compagnie plus à sa hauteur. C'est là une manière affectueuse de comprendre ton devoir; mais, je t'en prie en grâce, n'en deviens pas pour cela pédante; et si une balourdise se dit devant toi, laisse-la glisser dans le flot des choses inutiles. Ce sera peut-être un petit sacrifice d'amour-propre. Qu'est-il en comparaison de l'exquise vertu qu'il représente, et que les uns appelleront politesse, et les autres charité?

« Je termine aujourd'hui une lettre déjà bien longue. Demain j'aborderai avec toi un autre sujet qui demande un certain développement; ce sera une nouvelle occasion de t'envoyer les tendresses de mon cœur, dont je mets ici déjà une large part.

« Marie de Brécourt. »

X

A PROPOS DE LECTURE

« Tu me parles, ma chérie, reprit le lendemain Mme de Brécourt, de faire de la musique avec ta nouvelle amie, d'échanger des partitions, de jouer à quatre mains, de vous accompagner réciproquement; rien de mieux. Tout ce qui peut exciter à un travail quelconque est bon et profitable, et le déchiffrage autant que la musique d'ensemble font faire de rapides progrès aux musiciennes. Bravo donc pour cet échange; mais je crois qu'il serait sage de ne pas l'étendre jusqu'à la lecture.

« Certes, il est utile de lire pour s'éclairer, pour

s'améliorer, pour ne pas consumer sa vie dans les soins mesquins que nous réserve l'ignorance, et pour augmenter la noblesse de nos sentiments et de notre caractère. Mais, en raison même de cette grande influence que la lecture est appelée à exercer sur nous, on n'en saurait faire un choix trop minutieux. Si, comme on l'a dit souvent, un livre est un ami, et le meilleur de tous quand il est bon, il peut devenir dans certains cas le plus pernicieux des ennemis, en corrompant notre cœur et en perdant notre âme.

« Je me souviens encore de la sévérité de ma mère relativement à mes lectures, et elle n'était pas la seule, la bonne chère mère, à se montrer si prudente; car une anecdote me revient à ce sujet, racontée sur le journal d'une amie à laquelle j'avais un jour malencontreusement prêté un livre sans le dire à personne.

« Sa mère ne lui accordait qu'une demi-heure chaque jour pour la lecture et une heure le jeudi et le dimanche, à moins que ce jour-là la pluie ne vînt couper court à la promenade, ce qui doublait la permission. La pauvre fille m'avouait souvent que ce peu de temps ne faisait qu'aiguillonner son désir, et qu'elle enviait en silence celles de ses compagnes dont le règlement était plus élastique que le sien. Voici comment se termina cette petite aventure, dont je crois avoir encore le récit sous les yeux :

« Cette fois j'ai cédé à la tentation en acceptant de Marie de Brécourt (tu sais que je n'ai pas changé de nom, ayant épousé un cousin) un livre traduit de l'anglais, et je le lus en cachette. J'étais si pressée de connaître les émouvantes aventures de l'héroïne, que je me retirai dans ma chambre sous prétexte d'écrire une lettre à Marie, et je dévorai ardemment les pages qui m'enchantaient.

« J'étais si absorbée que je n'entendis pas la porte s'ouvrir; mais je vis l'ombre de ma mère s'allonger sur le parquet. Elle m'avait appelée vainement pour la promenade et venait me chercher. Je cachai précipitamment l'attrayant ouvrage dans le tiroir de ma table, et me levai toute rouge.

« — Tu oublies l'heure, mignonne; finis promptement ta lettre, et partons. »

« Je m'armai de courage.

« — J'aime mieux te dire la vérité, mère; je ne l'ai point commencée. »

« Elle me regarda attentivement et ne dit pas un mot, pour me faciliter la confession que j'allais faire.

« — Je n'ai point écrit, repris-je; je suis très coupable. Quand tu es entrée, je lisais un livre défendu. »

« Une lueur de tristesse parut dans les yeux si bons et si doux de ma chère mère.

« — Un livre défendu? répéta-t-elle.

« — Le voilà. »

« Je tremblais en posant le livre sur la table. Elle le prit, et son visage s'éclaira. Elle sourit.

« — L'*Allumeur de réverbères,* dit-elle; mais c'est un livre charmant; en sa compagnie, une jeune fille peut passer quelques heures aimables. Pourquoi lui fais-tu l'injure de le traiter de livre défendu?

« — Parce que l'amie qui me l'a prêté m'avait recommandé de ne pas te le montrer : tu es si sévère pour mes lectures!

« — Ma chère petite, si tu m'avais demandé l'*Allumeur de réverbères,* je te l'aurais donné. Mais tu as présentement tant de devoirs à rédiger, de leçons à apprendre pour te perfectionner dans tes études, qu'il nous faut réduire le temps accordé aux simples loisirs.

« — Alors ce livre est bon?

« — Excellent.

« — J'en suis bien aise; j'avais si peur d'avoir fait mal en le lisant! »

« Le visage de ma mère redevint grave. Elle se rapprocha et me prit la main, comme pour faire mieux entrer ses paroles dans mon cœur.

« — Ce livre est bon, très bon, reprit-elle; mais, ma chère enfant, tu as fait mal en le lisant.

« — Mal en lisant un bon livre?

« — N'ergotons pas sur les mots. Tu as fait mal, parce que tu as cru et voulu faire mal. Ce n'est pas toujours par elle-même, par ses conséquences, qu'une action est répréhensible; c'est surtout par le mobile qui l'a inspirée, par l'intention cachée au fond du cœur. Tu aurais sans le vouloir, par un mot étourdi, blessé une personne que tu dois respecter, tu serais blâmable; mais il y aurait sévérité exagérée à te tenir rigueur. Au contraire, dans le cas présent tu t'es dit : Le livre est peut-être mauvais, je désobéis, tant pis, je le lis quand même. C'est une action mauvaise. »

« Je baissais la tête, sentant la justesse de cette réprimande.

« Ma mère continua :

« — Ma chère enfant, tu n'es pas apte à choisir ce qui te convient. Tes compagnes ne sont pas plus capables de diriger ton choix. Laisse ce soin aux personnes qui ont assez d'expérience pour ne pas se tromper, et qui, de plus, t'aiment et ne veulent que ton plaisir. Ce livre est honnête, il pouvait être autre. Défie-toi. »

« Ce conseil était si sage, qu'il me frappa. Moi aussi, je me sentais coupable d'avoir agi sans l'assentiment de ma bonne mère et poussé par ma sotte conduite une compagne à la dissimulation; mais ce « défie-toi » me resta si bien gravé dans l'esprit, que j'en fis toujours ma règle, et qu'aujourd'hui encore je crois bon et utile de te le répéter comme un oracle.

« Pour me résumer, ma petite Jeanne, si les livres que t'offre Mlle Marie-Louise ont reçu l'approbation de son père, qui est un homme bien pensant sous tous les rapports, tu peux les accepter; mais s'ils ne sont pas revêtus

« J'étais si absorbée, que je n'entendis pas la porte s'ouvrir. »

de cette estampille, s'ils viennent d'autres personnes, ou qu'elle se laisse guider par sa fantaisie et son inexpérience, refuse-les énergiquement : ils peuvent contenir un poison mortel.

« Je vais plus loin : en général, parmi les livres, prends des ouvrages sérieux. La lecture, pour être profitable, ne doit pas être uniquement un panorama destiné à distraire la pensée, puis à disparaître, sans laisser plus de trace qu'un dessin sur le sable. Les aventures historiques et vraies, par conséquent, présentent au moins autant d'attraits que les œuvres de pure imagination, et c'est un des premiers motifs pour qu'on préfère l'histoire au roman, même bon, dont le nombre est bien restreint, hélas!

« — L'histoire, disait une sage éducatrice, nous apprend que la morale et la justice sont immuables à travers la diversité des mœurs, le bouleversement des mondes, le changement des institutions, et que tous ces bouleversements, ces changements, sont dus à l'invincible besoin qu'éprouve la race humaine de se rapprocher davantage de cet idéal de morale et de justice, de le dégager de plus en plus des nuages accumulés sur lui par la barbarie et l'ignorance des premiers âges. L'imagination et le cœur trouvent dans les drames de ces grandes existences, dans leurs combats, leurs défaillances, leur châtiment ou leur repentir, non seulement des enseignements, mais un intérêt au moins aussi puissant que celui qu'on peut rencontrer dans des fictions qui souvent faussent le jugement et troublent la conscience. »

« Je souhaite donc, d'accord avec cette sage moraliste, qu'en dehors de l'art, l'histoire, la vie des saints, des héros, des inventeurs ou des explorateurs, soit un aliment pour ton esprit; c'est un des plus précieux et celui qui convient le mieux aux natures saines et élevées.

« Sur ce, ma Jeannette, je t'envoie toutes les effusions de cœur d'une mère et d'une amie, qui veut l'être jusque dans ses rigueurs.

« A toi tendrement et toujours.

« MARIE DE BRÉCOURT. »

XI

FAUT-IL RÊVER?

Ces deux lettres furent longuement méditées par Jeanne, qui n'avait pu tout d'abord s'empêcher de s'écrier en recevant la première :

« Oh! vraiment, cette fois ma vieille amie est trop sévère pour la pauvre Marie-Louise! »

Puis peu à peu elle s'était dit :

J'avoue que Mlle Lerminier aurait peut-être mieux fait d'imiter la réserve de père; mais à nos âges on ne réfléchit pas toujours, et ce n'est pas pour une étourderie si légère que je vais suspecter ce charmant caractère, ni résister à la sympathie que m'inspire sa personne si affable et si gracieuse. Lorsque mon cher Mentor la connaîtra, elle reviendra assurément de ses préventions.

Mais un certain temps paraissait devoir se passer avant que Mme de Brécourt pût faire cette connaissance : d'abord le départ pour les Ablettes fut retardé de quelques jours, et, pendant cette période, les jeunes filles s'étaient vues très fréquemment, acquérant une intimité aussi grande que subite, à tel point que Jeanne, qui n'osait plus parler de Marie-Louise dans ses lettres, avait demandé à son père l'autorisation de l'inviter à venir passer un peu de temps près d'elle à la campagne, aussitôt qu'ils y seraient installés.

La chose fut accordée et convenue entre les deux amies, qui d'ici là avaient promis de s'écrire souvent, pour se consoler d'une séparation « qui leur coûtait beaucoup », disaient-elles.

Toutefois Jeanne semblait gênée d'annoncer cette nouvelle à Mme de Brécourt, pensant que c'était peut-être faire un peu trop bon marché de ses conseils après les avoir sollicités. Finalement elle se décida à n'en rien dire à l'avance, espérant qu'il surviendrait quelque occasion de faire connaître ce projet plus tard, sans qu'il eût l'air d'avoir été prémédité.

Enfin le départ s'accomplit.

La propriété des Ablettes, située à une trentaine de lieues de Paris, sur les bords de la Loire, avait été cédée à M. Davrignac par les héritiers d'un vieux marquis, en payement de grandes entreprises faites pour son compte, moyennant l'addition d'une somme relativement minime.

L'habitation était une vaste maison d'aspect plutôt banal, mais située au milieu d'une sorte de parc assez remarquable, tant par sa disposition que par ses grands arbres, dont les masses verdoyantes attiraient l'œil et le reposaient. Aussi fut-ce de la part de Jeanne un véritable enchantement lorsqu'elle aperçut ce paradis terrestre, que son cher père ne lui avait pas trop vanté pour ne pas déflorer ses impressions.

L'expansive enfant n'avait pas imité la même discrétion vis-à-vis de Mme de Brécourt; et c'est sans aucune réserve qu'elle avait dépeint ce riant séjour, en formulant les vœux les plus ardents pour que sa chère Mammy vînt bientôt elle-même en goûter les charmes.

Dans la réponse à sa petite amie, Mme de Brécourt, après l'avoir remerciée comme il convenait de ses gentilles descriptions et surtout de ses aimables intentions à son égard, lui dit :

« Il y a une phrase de ta lettre qu'il faut que je relève,

ma Jeannette; c'est celle où, en me vantant les beaux ombrages de votre jardin, tu t'écries : « Quelles longues « rêveries je me promets de faire sous ces abris touffus! »

« Pourrais-tu bien me dire à quoi tu voudrais rêver ainsi? Je t'entends d'ici me répondre sans doute : A tout et à rien. Eh bien, ma pauvre chérie, laisse-moi te dire que c'est là un égarement de ta raison.

« Tu protestes? Écoute cette anecdote, recueillie sur le cahier de cette même amie dont je te parlais au sujet de tes lectures. Elle avait été, à ton âge environ, présentée à la princesse Clotilde, femme éminente par sa naissance, par sa piété et les qualités de son cœur, essentiellement bon et simple.

« Aujourd'hui, avait écrit mon amie à la suite d'une date qui n'a aucun intérêt, je me suis trouvée dans le salon de la princesse pendant qu'on discutait cette question : « Y a-t-il des actions indifférentes? »

« Les uns disaient oui, les autres non.

« — Il n'est rien d'indifférent ni en morale ni en éducation, émit à son tour la princesse. Des choses qui semblent insignifiantes peuvent avoir une grande importance, et il ne faut pas les traiter légèrement. Ainsi on vante sans cesse aux jeunes filles les charmes de la rêverie; les arts, la poésie, leur présentent les délices du rêve sous les aspects les plus séduisants. Pourquoi ne s'abandonneraient-elles pas, les yeux mi-clos, les lèvres souriantes, à la Fantaisie, qui les promène hors des sentiers battus, hors de la vie commune remplie de devoirs très simples, d'occupations sans poésie? Ces voyages dans le bleu, sur l'aile d'une chimère, sont si agréables : pourquoi les en priver? Les pauvres enfants ont bien le temps de devenir des femmes pratiques et positives... C'est un tort, un très grand tort de raisonner ainsi. »

« Je devins toute rouge, car justement j'aimais beaucoup à ne penser à rien.

« L'auguste interlocutrice ne s'en aperçut pas, et m'interpellant gracieusement :

« — Mon enfant, ne vous est-il jamais arrivé de vous égarer ainsi?

« — Oh! si, madame; je croyais même le rêve très utile, et je m'amusais à rêver une heure le matin et une heure le soir. On nous le recommandait au pensionnat. »

« La princesse ne put retenir un sourire. Je rougis encore plus, surtout quand une des dames présentes, moins bienveillante sans doute, reprit :

« — Cette jeune fille débite une énormité avec un calme surprenant.

« — Une énormité? non, dit la princesse; elle confond tout simplement la rêverie défendue avec la réflexion conseillée, ordonnée même et si nécessaire. Ma chère enfant, la première nous pousse à commettre bien des sottises que la seconde nous fait éviter. Souvenez-vous-en, et ne rêvez jamais. »

« Elle ajouta :

« — Non, il ne faut pas de rêves qui mettent du vague dans l'âme. Le vague détruit le sens moral. »

« A partir de ce jour je supprimai les songes creux du matin et du soir. Quelques minutes de recueillement avant de quitter ma chambre me montraient avec beaucoup de netteté tout ce que j'avais à faire dans la journée. Il ne m'était pas difficile de voir en même temps le meilleur moyen de me tirer à mon honneur de mes « grandes occupations ». Le soir, comme un caissier soigneux, j'établissais le bilan du jour, je faisais le compte exact des profits et des pertes, enregistrant les fautes, même les simples négligences, pour les éviter le lendemain. »

« Voilà, il me semble, ma petite Jeanne, un exemple qui pourrait être profitable à toutes les jeunes filles, et je ne doute pas que tu n'y trouves toi-même matière à de sages réflexions. »

XII

AU NID L'ON RECONNAIT L'OISEAU

Si l'extérieur ne laissait rien à désirer pour Jeanne dans l'acquisition faite par son père, il n'en était pas de même de l'intérieur.

Le mobilier acheté avec l'ensemble était presque totalement démodé, et grand allait être l'embarras de la jeune maîtresse de maison pour combiner l'emploi de certains meubles avec les décorations modernes, que son bon goût et surtout le désir d'assurer le bien-être et la satisfaction de chacun lui imposaient.

Une correspondance tout à fait spéciale s'engagea donc à ce sujet avec Mme de Brécourt, dont Jeanne sollicitait de plus en plus les avis.

Ils étaient souvent bien difficiles à donner ainsi à distance, surtout qu'il s'agissait encore de concilier une certaine élégance avec des ressources modestes, en un mot, de faire bien avec peu.

Mme de Brécourt prétendait qu'on pouvait y arriver en sachant s'y prendre. Dans une de ses nombreuses missives, l'aimable conseillère de Mlle Davrignac l'invitait beaucoup à adopter des tentures de cretonne.

« On en fait de tous les genres et imitant toutes les époques, lui écrivait-elle; c'est relativement peu coûteux et convient admirablement à la campagne, par la bonne raison que les étoffes de coton n'attirent pas les insectes comme celles en laine, qui contribuent tant à les propager. »

Elle ajoutait :

« Tu connais ma manière de voir en fait d'ameublement : je préfère de beaucoup la simplicité de bon goût à tout ce qui sent la prétention et le faux luxe. Ainsi, une ordinaire salle à manger en pitchpin me semblerait infiniment plus jolie que du vieux chêne grossièrement sculpté et surchargé d'ornements.

« De même une chambre en bambou, avec des tentures claires, me plaira cent fois plus, si elle est complète et pourvue de tout confortable, qu'une chambre où l'on trouverait, par exemple, un lit assez riche et pas de rideaux, une armoire à glace et rien sur le plancher.

« Pour le même motif, je préconiserai dans un salon les garnitures de fleurs bien autrement que des bibelots fastueux et sans valeur dont on s'encombre parfois; cet étalage ne sert qu'à dénoter une absence de goût artistique, en même temps qu'un désir orgueilleux de paraître, qui blesse l'œil bien plus qu'il ne le trompe.

« C'est peut-être un peu cette crainte du trompe-l'œil qui me fait choisir la simple cretonne, cette étoffe sans prétention dont tout le monde connait le prix, de préférence aux tissus non moins bon marché peut-être, en broché phormium et soie, dont les coloris sont frais et agréables, mais qui ont pour moi l'inconvénient très grave de copier des tissus d'une valeur plus grande; car en principe je dirai : Si nous pouvons nous offrir des choses véritablement belles, des œuvres d'art réelles, donnons-nous cette aimable jouissance; mais, plutôt que d'en avoir des pastiches plus ou moins détestables, contentons-nous de l'originalité simple, voire même de la nature, et nous nous ferons mieux apprécier des gens de bon sens et de bon ton.

« Et puis quelle variété dans la cretonne, depuis les rayures Louis XVI, qui vont si bien avec les meubles blancs de la même époque, jusqu'aux toiles de Jouy et aux cretonnes anglaises, si exquises de teintes!

« Quel que soit le genre qu'il te plaira d'adopter, fais-en des portières pareilles aux rideaux, et, si c'est dans une chambre, une table de toilette et des dessus de cheminées assortis. J'aime, pour ma part, les pièces bien habillées : c'est gracieux, c'est coquet et montre l'hospitalière intention de plaire à ceux qui doivent les habiter.

« J'en dis autant des fleurs pendant que tu es à la campagne, où il n'est pas besoin de les acheter, profites-en; mets-en partout et à profusion; elles charment l'intérieur le moins meublé et sont comme un sourire permanent adressé aux visiteurs. Il va sans dire que je ne viens pas te conseiller de placer des plantes odoriférantes dans les chambres à coucher, pour menacer d'asphyxie tes proches ou les hôtes que tu pourrais recevoir; il existe assez de plantes inoffensives pour pouvoir faire un choix judicieux, et je n'ai aucune crainte sur ta perspicacité à cet égard. Tu placeras donc un bouquet par-ci, un feuillage par-là; tu en orneras ton salon, la table des repas, et, pourquoi non? jusqu'au cabinet de travail de ton père.

« A ce propos, je dois t'exprimer tout mon contentement de la résolution que tu as prise de ranger toi-même le bureau particulier de ce cher père; il a été si ravi de cette attention, qu'il s'est mis à me l'écrire, pensant peut-être que je t'en avais donné le conseil. Comme il n'en est rien et que l'initiative vient de toi, je vais te communiquer le passage de sa lettre, afin de rendre à César ce qui appartient à César. »

« A Paris, dit cette aimable missive, j'avais l'habitude « de voir notre bonne Catherine, sous prétexte de réparer « le désordre de mon bureau, aligner soigneusement tous « les papiers par rang de taille, sans souci de ce qu'ils « pouvaient contenir, et je perdais souvent un temps pré- « cieux à rechercher des notes importantes; mais, ici, une « main intelligente sait m'enlever la poussière sans rien « déranger, je fais deux fois plus de besogne avec moins « de peine. Puis je la fais avec plus d'ardeur et de goût; « car j'aperçois toujours une note claire et gaie au milieu « de la sévère ordonnance de mes plans et de mes pape- « rasses. Ainsi ce matin j'avais dans un vase une jolie « branche d'iris encore tout imprégnée de la douce rosée « que le soleil n'avait pas eu le temps de sécher. Je devi- « nais bien vite que c'était ma grande fille qui avait ainsi « pensé à moi dès l'aurore, et je ne pouvais m'empêcher « de regarder cette branche fleurie sans un sourire d'at- « tendrissement. »

« Je ne te dis pas la suite, elle est trop flatteuse pour moi, et je te promets d'en rectifier la justesse dans ma prochaine réponse à ton cher père. Pour aujourd'hui je n'ai voulu que te montrer, enfant chérie, combien le cœur acquiert toujours une affectueuse récompense dès qu'il s'inspire d'une filiale attention.

« Je dirai de même que l'amour-propre et même la bonne réputation d'une femme trouvent leur compte dans l'aspect soigné de son intérieur. Rien ne révèle mieux, dit-on, son caractère. C'est, dans tous les cas, sur cette première vue que l'on juge le plus souvent une maîtresse de maison qui vous est peu ou pas connue, alors qu'on est dans son salon à l'attendre.

« Si la pièce dans laquelle on vous fait pénétrer est

une sorte de capharnaüm, où l'on ne distingue qu'un fouillis inextricable, un agencement fait au hasard, sans aucune prétention de grâce ou de méthode, ne sera-t-on pas tenté d'en inférer que la personne qui a présidé à cette organisation manque ou du goût qui caractérise la femme bien née, ou de l'esprit d'ordre que doit donner une éducation soignée? Bien plus, on ira peut-être jusqu'à penser que l'on doit se trouver en présence d'une nature frivole, préférant les plaisirs du dehors à ceux du foyer domestique, qu'elle traite avec tant de négligence.

« Si au contraire on est introduit dans un intérieur fût-il aussi modeste que possible, et qu'on y découvre un arrangement de bon aloi, quelque combinaison flatteuse pour l'œil, annonçant autant le désir de plaire à qui franchit votre seuil que le souci de sa commodité et de son bien-être, on présagera tout naturellement une femme sérieuse, possédant une certaine dignité personnelle et sachant envisager ses devoirs dans toute leur étendue. Disons plus, on la devinera pénétrée de la pensée d'être agréable à ceux qu'elle reçoit, et c'est là une des formes essentielles de l'amabilité, fond de la vraie politesse.

« Assurément, il n'existe pas un code immuable de l'ameublement. En dehors des règles invariables qui demandent qu'on mette les buffets, les crédences dans les salles à manger, et qu'on n'installe pas les armoires à glace même les plus splendides ailleurs que dans les chambres à coucher ou les cabinets de toilette; qu'on n'introduise pas de chaises longues dans un salon, et autres choses anormales, le reste est laissé à la fantaisie et à la mode.

« Un bon tapissier peut donner des conseils en cette matière; mais si l'on ne veut pas imprimer à tout son *chez soi* un aspect froid, banal et convenu, il ne faut pas en abandonner la décoration complète à ces faiseurs de plis rigides, de draperies compassées, de relevages symétriques et de luxe mathématique. On peut s'inspirer de leurs idées, mais en y faisant intervenir son goût personnel, et en ne craignant pas de substituer à ce savoir-faire, si savant et si mesuré, un peu de notre caprice et de notre originalité, à la condition toutefois qu'elle ne soit pas en trop grand désaccord avec le style adopté, et qu'elle donne de la grâce sans enlever du cachet.

« Quand on n'a qu'un salon, il est permis d'y mélanger un peu toutes les époques, du moment où l'on se garde des contrastes trop brusques, aussi bien dans les formes que dans les couleurs.

« On n'aura pas, par exemple, l'idée d'installer sur des sièges en vieilles tapisseries, de tons sobres et presque éteints, des coussins de satin aux nuances criardes, dont les effets se nuiraient et choqueraient les yeux. Il faut avant tout et par-dessus tout viser à l'harmonie de l'ensemble; mais des fleurs par-ci, un nœud par-là, un ruban autour de quelque plante verte, etc., donneront tout de suite une note vivante, gaie et personnelle, qui ne détruira rien d'une sage ordonnance.

« D'autre part je ne puis t'approuver lorsque tu me parles de reléguer le piano dans ta chambre. Sa place est dans le salon et ne peut être ailleurs, attendu que lorsqu'il doit faire les frais de certaines petites réunions et même des soirées pluvieuses, qui sembleraient parfois si longues à la campagne si on ne faisait un peu de musique, il serait parfaitement incommode et même ridicule d'aller s'en servir dans une pièce voisine.

« Il faut autant que possible le disposer de façon que l'exécutant ne soit pas obligé de tourner le dos à ses auditeurs; on en garnit l'envers, qui fait face à l'assistance, avec une étoffe gracieusement drapée.

« Par contre on peut fort bien mettre une bibliothèque dans un salon, et la preuve c'est que, dans certaines maisons princières où existe cependant une bibliothèque particulière, on ne dédaigne pas de faire figurer au salon un meuble précieux renfermant des chefs-d'œuvre littéraires, remarquables aussi par leur reliure.

« Les livres ont leur raison d'être au salon plus que partout ailleurs; puisqu'ils sont une distraction, il est bon

« Ce matin j'avais dans un vase une jolie branche d'iris. »

de l'offrir à ses hôtes en leur en rendant l'accès facile, et si on ne les fait pas figurer dans un ensemble, il faut au moins en placer quelques-uns sur la table.

« Dans tous les cas, le savoir-vivre exige qu'on ne mette en évidence que des ouvrages sinon splendidement reliés, au moins d'un aspect irréprochable et tout à fait exempts de ce qui laisserait pressentir le désordre ou la négligence.

« Ces défauts, d'ailleurs, veulent être bannis de tout intérieur respectable. Les choses les plus jolies perdent absolument de leur prix si elles sont froissées, maculées, endommagées de quelque manière. Je dis plus, elles deviennent alors désagréables à voir.

« En somme, avec des riens bien soignés et ingénieusement disposés, on peut se créer un intérieur charmant, tandis que la pièce la plus richement meublée sera détestable à habiter si elle ne possède pas la plus essentielle de toutes les parures : l'exquise propreté.

« Cette fois, ma chère Jeanne, je crois avoir répondu à toutes les questions. S'il t'en vient d'autres, ne crains pas d'abuser; je suis absolument à toi par ma plume et mon cœur, puisqu'il m'est retiré la satisfaction d'y être en réalité.

« Ta bien affectionnée,

« Marie de Brécourt. »

XIII

COMMENT JEANNE SE FAIT ÉBÉNISTE ET TAPISSIÈRE

« Ma bien chère Mammy, répondit peu de jours après Jeanne Davrignac, je vous remercie, comme toujours, de vos bons et utiles avis. Grâce à eux, tout commence à s'organiser assez bien.

« La salle à manger est restée à peu près ce qu'elle était, c'est-à-dire garnie d'une tenture grenat encadrant des sujets de chasse, au-dessus de hauts lambris de chêne qu'il n'y a eu qu'à repeindre ou à nettoyer. Elle est meublée d'un magnifique buffet à crédence, d'un aspect presque seigneurial, et de chaises à hauts dossiers, rappelant le moyen âge et nous donnant à tous l'envie de nous tenir bien droits à table.

« Cette dernière était trop vermoulue et déséquilibrée pour pouvoir être restaurée. Papa, qui le savait, a fait à Roger la surprise de commander une table-billard vraiment merveilleuse. Il en a donné lui-même le dessin à l'ébéniste, pour que le pied soit bien approprié comme style au reste du mobilier, et cela représente une grande table rectangulaire de douze couverts très au large, et qui peut être doublée, par un système d'allonges, aux deux extrémités.

« Toute la partie carrée de la table est garnie d'un drap vert, sauf un large encadrement en bois. Quand on a enlevé le couvert, un mécanisme des plus simples soulève tout l'encadrement d'un seul coup, et l'on a un magnifique billard, qui ne paraît pas avoir jamais voulu être une table. J'y ai fait placer une grande toile cirée qui se met sous la nappe, pour éviter les accidents dont le dessous de nappe molletonné ne garantirait peut-être pas toujours le drap vert.

« Mon grand frère a été ravi de cette idée. Il contemple avec admiration le lieu de ses futurs carambolages, et moi je demande à Dieu de n'en pas trop faire lorsqu'il s'agira de donner, sur le même emplacement, mon premier grand dîner. Malgré moi, cette pensée m'arrache un soupir.

« L'agencement du salon m'a demandé plus de peine. Rien ne pouvait être utilisé, sauf le piano, que nous avions amené, et la glace de la cheminée, en vieux saint-gobain d'une épaisse et belle fabrication. Encore le cadre en était-il détérioré; mais mon maître peintre, qui n'est autre que le bon Roger, a réparé les avaries et fait bien d'autres choses que je vous raconterai plus tard.

« Je disposais de cinq cent francs pour meubler mon salon; il ne fallait pas m'étendre beaucoup, comme vous voyez. Eh bien, j'ai tant calculé, tant ruminé, tant travaillé, que je suis parvenue à ne pas les dépasser.

« Inutile, je crois, de vous dire que tout est en coton, ou mieux en toile à voile vieux rose, avec une bordure de toile peinte fond crème à dessin vieux vert. Les murs en sont tendus et encadrés; elle a servi à confectionner les rideaux, à garnir la cheminée et à faire les coussins des sièges.

« Ces sièges sont quatre confortables fauteuils d'osier de vingt-cinq francs chacun; mais ils sont peints en vernis Aspinall vert clair, et les coussins qui les recouvrent ou qui les ornent sont, pour le siège, taillés exactement à la dimension de celui-ci, mais ne forment, au dossier, qu'un petit traversin couvrant seulement l'endroit où la tête s'appuie, ce qui leur donne un petit cachet plein de grâce et de légèreté. Ils n'en sont pas moins garnis de toutes parts par un petit volant retombant comme au-devant et sur les côtés du siège.

« Deux petits fauteuils d'encoignure sont faits dans le même goût, ainsi qu'un canapé de cinquante francs; puis avec cela, six chaises en bois courbé de Vienne, à huit francs cinquante centimes la pièce, garnies du siège comme les fauteuils et laquées en vert clair au dossier. C'est gai et riant au possible.

« Comme meubles, il y a d'abord le piano, placé dans une encoignure, le dos regardant les auditeurs; mais ce vilain dos est caché par une jardinière basse, de toute la largeur de l'instrument, et de laquelle nous avons fait partir du lierre qui s'accroche à un treillage laqué, s'il vous plaît, et montant jusqu'à la hauteur du susdit piano.

« Dans l'encoignure qui fait face règne un paravent, toujours en bois courbé et laqué, tendu d'une mousseline à dessin japonais, où dominent de grandes fleurs roses sur un fond écru. Il est destiné à cacher le pied d'un grand palmier qui monte presque au plafond.

« Au mur est pendue une étagère également laquée, de même fabrication que le paravent.

« Et comme table?

« Celle que j'ai coûte vingt-cinq francs toute garnie. Elle est en vannerie et d'une forme excessivement pratique, attendu que ses pieds vont en s'élargissant et qu'elle est munie de quatre tablettes, deux grandes et deux petites, de sorte qu'on y peut poser une foule de choses, des journaux, des livres, voire même son ouvrage, tout en conservant libre la tablette supérieure.

« Le dessus de la cheminée est en fleurs, c'est-à-dire que la tablette entière est prise par une jardinière garnie de plantes variées.

« Dans le foyer sont de grandes fougères au feuillage léger, mélangées des étoiles blanches de l'anthémis.

« Des vases de fleurs ornent aussi la table et le piano.

« En résumé, la nature fait les principaux frais de notre lieu de réception, et notre travail a fait le reste, en habillant et en décorant des objets rustiques qui semblent vraiment avoir acquis une certaine valeur.

« Roger est aussi enchanté de sa chambre. Elle se compose d'un ancien lit à colonnes, avec rideaux et baldaquin grenat bordés d'un galon en tapisserie fait avec des bandes que j'avais fabriquées à la pension.

« Papa a presque la même disposition, sur fond vert. C'est ce qui charme le plus Roger; il trouve que cela lui donne un air respectable d'avoir un chez lui à peu près semblable à la chambre paternelle. Et puis il a paru flatté que je voulusse bien me défaire à son profit de mes fameuses bandes.

« — C'est gentil, a-t-il dit, de voir son *home* paré par les doigts d'une petite sœur! »

« Et il m'a embrassée sur les deux joues, pour me prouver sa satisfaction.

« La mienne était bien plus grande de constater le plaisir que je lui faisais, à si peu de frais en somme.

« Nous lui avons aussi déniché de vieilles chaises, qui se sont trouvées rajeunies par le même procédé. Quand je dis nous, c'est de lui que je parle, car il m'a aidée dans mes recherches, papa nous laissant absolument libres, et, qui mieux est, n'ayant pas le temps de faire autrement.

« Si vous saviez, chère Mammy, la complaisance qu'a déployée ce cher Roger pour m'être utile ! C'est chose incroyable pour ceux qui le connaissent et ont pu apprécier son peu d'entrain habituel à se déranger. Il a fait lui-même le tapissier, a recouvert ses chaises avec mon concours, puis accroché des tableaux, que sais-je !

« En voyant cela, je me suis dit une fois de plus que la concorde est une précieuse chose, et que, si toutes les sœurs pouvaient savoir ce qu'on obtient d'un frère avec un peu de déférence, de confiance et quelques concessions, toutes voudraient pratiquer cette aimable entente.

« J'oubliais de parler d'un bureau vermoulu qui est venu compléter l'ameublement. Nous l'avons ensemble passé au papier de verre, puis au brou de noix, et enfin à l'encaustique liquide, et nous avons obtenu des effets merveilleux, tellement que mon grand paresseux de Roger m'a promis qu'il allait étudier dessus et gagner certainement, à la rentrée des tribunaux, une cause d'assistance judiciaire dont il n'avait pas jusqu'ici entrevu la possibilité de sortir.

« Voyez, chère Mammy, si j'ai le droit d'être fière en pensant que je vais peut-être sauver une tête. Depuis son stage, mon pauvre Roger n'a encore plaidé que quatre causes d'office : le premier coupable a été condamné à mort, et les trois autres aux travaux forcés à perpétuité. Il avait vraiment besoin d'être encouragé, ce malheureux avocat !

« Pour René, nous avons repeint ou plutôt laqué en

blanc verdâtre un ancien lit d'enfant, et nous comptons l'orner d'une cretonne vert d'eau avec des bouquets pompadour.

« Pour Marguerite et pour moi, comme il n'y avait pas de ressource dans les meubles acquis, nous avons dû acheter une armoire à glace et deux lits jumeaux, puisque nous voulons occuper la même chambre. Nous l'avons choisie en pitchpin, selon vos indications, et j'ai promis à ma petite sœur de me mettre à peindre ce mobilier, c'est-à-dire à l'orner de fleurs et de petits sujets à l'huile, aussitôt que les travaux plus pressants seront terminés. La chère petite est ravie de cette perspective, et, pour ne pas être en reste avec moi, elle m'a demandé de l'occuper un peu dans la confection de nos rideaux, qui vont être faits en cretonne fond crème avec des guirlandes de roses sur rayures bleues, style Louis XVI. Je crois que cela vous plaira.

« On nous a recommandé une ouvrière de la ville voisine, très méritante, et que j'ai prise pour nous tailler et nous agencer ces fameux rideaux dont nous ourlons les volants. De cette façon je « vais à l'économie », et j'en suis très contente, car je tiens essentiellement à ne pas dépasser la somme que père m'a allouée pour l'installation générale.

« — Ce n'est pas beaucoup peut-être, a-t-il dit en me la remettant; mais tu n'en auras que plus de mérite. On dit que la modicité rend ingénieux, je ne serais pas fâché de voir ce qu'elle produirait sur toi. »

« Je vois que c'était sagement pensé; car, en effet, il n'est pas difficile de faire bien en dépensant beaucoup, tandis que le contraire oblige à des calculs, à des combinaisons qui nécessitent des efforts et du travail. Sans compter qu'on est bien satisfait de soi quand on parvient à triompher d'une difficulté sans bourse délier, et puis on a tant d'occasions d'employer charitablement les petites économies que l'on peut faire! Donc, pour toutes sortes de raisons, je tiens à honneur de ne pas dépasser ma somme.

« Aussitôt nos chambres parées, je vais m'occuper de rendre habitables celles des amis qui voudront bien venir nous voir, pour répondre au désir de papa; mais quand je pense à certaines invitations qu'il faudra faire, alors je suis tentée, à l'exemple de Pénélope, de défaire la nuit l'ouvrage de la journée, afin de n'être jamais prête à affronter le feu de toutes ces réceptions.

« Ah! s'il s'agissait de préparer votre chambre, bonne Mammy, comme j'y mettrais plus d'empressement! Et quel service vous m'auriez rendu pour accomplir cette tâche difficile, car je sens que ce doit être réellement difficile! J'ai déjà jeté un coup d'œil sur un petit traité de savoir-vivre que vous m'avez autrefois laissé, et le détail de tous ces devoirs m'épouvante. J'y ai vu écrit, en tête des lois de l'hospitalité, cette phrase mémorable :

« Toutes les fois qu'on invite une ou plusieurs per-
« sonnes à faire un séjour chez soi, on se crée l'obligation
« de leur procurer bien-être et distraction. »

« Cher petit livre, je l'ai toujours là sur mon bureau; il faudra encore que je le relise.

« Permettez-moi de vous quitter, chère Mammy, pour me livrer à cet intéressant exercice; il sera bien moins agréable pour moi que de causer avec vous; pour me le rendre plus supportable, je vais me figurer que c'est vous qui me parlez encore par la bouche de votre auteur favori. Je vous envoie donc toutes mes tendresses, et j'ouvre mes yeux et mes oreilles, au moins celles de mon entendement, aux idées de l'experte femme du monde par vous recommandée.

« Votre enfant bien aimante,

« JEANNE. »

XIV

L'HOSPITALITÉ DONNÉE ET REÇUE

Jeanne très consciencieusement ouvrit son livre et se mit à lire à demi-voix, comme pour mieux se graver les termes dans l'esprit, à la suite de la phrase qu'elle savait déjà par cœur :

« Quel que soit le rang social de nos invités, nous n'avons pas de distinctions à faire entre eux dans les égards qu'il faut leur rendre; tous ceux qui ont consenti à franchir notre seuil hospitalier doivent jouir des mêmes privilèges d'attention et d'amabilité.

— Voilà qui n'est pas toujours facile, » dit Jeanne en s'interrompant.

Puis elle reprit :

« On reçoit ses invités non pas selon leur condition de fortune, mais selon la situation que l'on occupe soi-même.

— Oui, cela je le comprends, » affirma-t-elle.

Elle continua :

« L'A B C des soins de ce genre consiste, pour la maîtresse de maison, à inspecter elle-même à l'avance l'appartement qu'elle destine à son hôte, afin de s'assurer que la propreté la plus rigoureuse y a été observée. Elle débarrassera les armoires ou les tiroirs des meubles que la chambre peut contenir, afin d'en laisser la libre jouissance au nouvel arrivant. Elle placera sur une table un buvard et tout ce qui est nécessaire à la correspondance, voire même une petite boîte avec timbres-poste. Il pourrait se faire que la personne en eût oublié, et ce serait pour elle un plaisir d'en trouver à sa portée.

— Ça c'est une excellente idée, proclama la lectrice. Voyons la suite. »

« Nous en dirons autant de ce qui doit garnir la table de toilette, sur laquelle on aura soin de déposer plusieurs serviettes et des savons intacts, ainsi qu'un flacon de parfums modestes, eau de Cologne ou vinaigre de Bully, par exemple, le flacon sans être entamé pour bien montrer qu'on n'offre pas un rebut. On mettra également dans un tiroir de cette table une brosse et un peigne à l'aspect entièrement neuf. Comme les invités ne s'en servent presque jamais, il n'y a pas de raison pour que ces objets ne conservent bien longtemps cette apparence souhaitée. Mais au moins si, dans sa précipitation à se mettre en route, l'hôte avait oublié quelques-unes de ces choses indispensables, on lui épargnerait cet ennui, toujours un peu gênant, d'avoir à les demander. Un plateau garni d'une carafe d'eau fraîche, d'un sucrier bien fourni, d'un verre avec petite cuiller, d'un flacon soit de cognac pour les messieurs, soit de fleur d'oranger pour les dames, et d'une boîte à biscuits ou petits gâteaux secs, sera déposé dans un endroit bien en vue de la chambre. Certaines personnes peuvent se trouver la nuit un peu indisposées, et ces précautions ont pour but de les mettre à l'aise.

— On pense à tout ! » s'exclama Jeanne.

« Nous n'insisterons pas sur l'excessive propreté du lit et de la toilette, c'est le plus essentiel des soins ; il demande à être compris de telle façon, que les imaginations les plus délicates ne puissent éprouver l'ombre de ces répugnances que provoque parfois une négligence même légère.

— Cette recommandation me paraît au moins inutile à force de vérité, » dit en souriant la jeune fille.

« Autant que possible on se rend à la gare ou à la voiture, selon les pays, au-devant de ses invités, afin de leur souhaiter plus tôt la bienvenue et aussi de s'occuper de leurs bagages pour leur en épargner l'embarras.

— Ce sera surtout l'affaire de papa et de Roger. Voici la mienne :

« Aussitôt qu'ils sont arrivés à la maison, qu'ils ont donné leurs premières effusions aux personnes qui n'étaient pas à leur rencontre, on les conduit à la chambre qui leur est destinée, et on les laisse libres de réparer le désordre de leur toilette ou même de changer de costume.

« Si l'heure du repas n'est pas proche de cette arrivée, c'est une prévenance obligatoire que de leur faire porter dans leur appartement soit un bouillon, soit une tasse de thé ou de chocolat, et l'on peut alors saisir cette occasion pour demander à ces chers arrivants ce qu'ils ont coutume de prendre à leur petit déjeuner du matin, afin de satisfaire les goûts de chacun. Faute d'user de cette précaution, on s'expose à tomber à faux tout en se donnant autant de peine, comme, par exemple, si l'on faisait un savoureux cacao à qui préférerait de beaucoup une simple tasse de lait.

— Jusqu'ici, interrompit encore Jeanne, il n'y a rien de bien difficile; il ne s'agit que de petites attentions toutes simples; mais c'est la suite qui m'effraye.

« Les devoirs de l'hospitalité ne se bornent pas à ces détails purement matériels. Il en est un autre plus important, c'est celui d'amuser ses invités. On doit à cet effet, quand la saison le permet, organiser des promenades, des excursions, en dehors des plaisirs intérieurs, qui seront, selon les âges ou les personnes, de la musique, de petites sauteries, des jeux d'esprit ou de société, des devinettes, voire même des charades en action et une infinité d'autres, véritable ressource des jours de pluie ou de neige, puisqu'on peut recevoir par tous ces temps.

« Quand on habite la ville, on propose la visite aux églises, aux musées, ou autres monuments curieux. A la campagne on a les distractions que procure la nature : parties de pêche, de chasse, de canot, dîners sur l'herbe, etc. On offrira ses chevaux, ses voitures, si on en possède, n'hésitant pas à se priver même de ses domestiques, pour que les invités puissent jouir amplement de tout ce qui leur fait plaisir et qu'ils sentent bien que toutes les pensées de l'hôte tendent à leur être agréable.

« Un manque de tact assez répandu est celui qui consiste à promener les personnes qu'on reçoit dans les moindres recoins de sa propriété, que l'on fait admirer depuis les prés jusqu'aux vergers.

— Ah! oui, s'écria Jeanne malicieusement, c'est ce que Roger appelle le tour du propriétaire! »

Et elle poursuivit :

« Cette revue détaillée, étalage plus ou moins dissimulé de ses richesses, est généralement fastidieux pour l'hôte à qui on l'impose; car la politesse l'oblige, en retour, à s'extasier soit sur des choses dont il n'approuve que fort peu l'organisation, soit sur une culture à laquelle il demeure absolument indifférent. N'éprouverait-il pas plus de plaisir à découvrir par sa propre initiative la beauté d'un jardin, sa gracieuse ordonnance, le charme d'un bosquet, la richesse d'un verger? La louange qu'il pourrait en faire alors lui serait d'autant plus agréable qu'aucune convention ne l'y pousserait.

« Il faut en dire autant des galeries de tableaux ou collections de tout ordre dont on peut être possesseur.

Veut-on être sûr que leur exhibition sera goûtée, il faut attendre qu'on vous la réclame, et se dire qu'il vaut mieux une seule approbation franche d'un véritable amateur que les louanges fades de cent ignorants donnant le change sur leur indifférence.

— Oh! cela est bien vrai!» dit encore Jeanne.

Puis, reprenant le dernier paragraphe :

« Une recommandation, pour finir, c'est de ne pas oublier de pourvoir les amis qui nous quittent de quelques provisions peut-être nécessaires pour la route, surtout si celle-ci doit être longue. Certaines maîtresses de maison ont le soin tout à fait exquis de préparer de vrais paniers de voyage beaucoup plus complets que pour la route. C'est le *nec plus ultra* de l'amabilité qui désire prolonger sa faveur au delà du seuil hospitalier. »

Je ferai en sorte de me rappeler ce conseil, pensa encore la jeune fille.

Et elle reprit :

« Quand on arrive dans une maison où tout a été préparé en vue de vous être agréable, c'est bien le moins qu'on puisse faire de se montrer à son tour flatté et charmé. On apportera donc chez son hôte les dispositions d'humeur les plus bienveillantes, les plus aimables et, nous ajouterons même, les plus gaies.

« Assurément nous ne prétendons pas qu'il faille déployer une expansion de joie exagérée, encore moins emplir la maison de ces rires fous. Si jeune que l'on soit, il faut même conserver, en cela comme en toute autre chose, une certaine réserve, se garder d'être bruyant, fatigant, encombrant. La gaieté dont nous parlons consiste à se montrer heureux et souriant, sans laisser paraître sur son visage aucune trace d'ennui qui serait blessante pour l'hôte. On s'astreindra aussi à une mise correcte et soignée.

« Le premier soin que l'on prendra sera de deviner les habitudes de la maison pour s'y conformer, afin d'occasionner le moins de gêne possible dans un intérieur que l'on dérange déjà forcément. Aussi aura-t-on la délicatesse de ne rien bouleverser ni détériorer dans l'appartement que l'on occupe, et de le maintenir dans un état parfait d'ordre et de propreté, de ne réclamer des serviteurs que ce qui est strictement nécessaire, de ne le faire qu'avec la plus extrême politesse, enfin de n'user qu'avec discrétion de tout ce qui est mis à notre disposition sans en abuser jamais.

« Pour le même motif, l'invité s'arrangera de manière à laisser un peu de liberté à ses hôtes; il fera en sorte de ne pas devenir importun, en les accablant de sa présence; mais, pour éviter cet écueil, il ne se jettera pas dans un tort opposé, qui serait de manifester une indépendance de mauvais goût et de se tenir chez ceux qui le reçoivent ni plus ni moins que s'il se trouvait à l'hôtel. On fera surtout grande attention à l'heure des repas, se gardant de prolonger une promenade qui pourrait retarder le déjeuner ou le dîner et mécontenter la maîtresse de maison.

« On se doit à ses hôtes; il faut les faire jouir d'une aimable conversation et écouter la leur avec une grande déférence, veillant à ne pas les heurter dans leurs goûts, dans leurs opinions, dans tout ce qui fait leur joie ou leur orgueil.

« De même on se montrera parfaitement reconnaissant de tout ce qui sera tenté pour vous être agréable; dût-il en résulter une fatigue, on la dissimulera sous la gratitude qu'on éprouve pour le bon sentiment qui a guidé les hôtes. Enfin, si l'occasion se présente de rendre quelque petit service, on la saisira avec un empressement sincère.

— Mais, dit Jeanne en s'interrompant tout à coup, ces conseils sont parfaits, mais me sont inutiles pour l'instant, puisque c'est moi qui vais recevoir. Je les retrouverai dans une autre occasion. »

Et elle ferma son livre.

XV

LA CONSIDÉRATION MAL APPLIQUÉE

« Ah! chère Mammy, quelle triste élève vous avez en moi, et comme je vous fais peu d'honneur! écrivait Jeanne la semaine suivante. A peine si j'ai étudié un coin de mes obligations mondaines, que je m'enferre dans un autre, comme s'il était dit que je ne suis destinée qu'à commettre des bévues, à perpétrer des sottises. Et quelle sottise, que celle qui a failli brouiller toute une famille avec un de ses plus vieux membres!

« J'arrive au fait :

« Vous savez sans doute que nous avons, près de Niort, un cousin d'ancienne souche et de préjugés plus anciens encore, ceci dit pour m'excuser un peu. Or ce parent, qui a nom le comte de Montbel, ancien pair de France, ayant appris l'acquisition faite par papa de la propriété des Ablettes, qu'il a connue dans son jeune temps, nous a fait donner de ses nouvelles en manifestant l'intention de venir nous visiter. Père, très absorbé par une affaire pressante qui nécessitait son séjour à Paris pour quarante-huit heures, me dit avant son départ d'écrire à M. de

Montbel, afin de montrer plus d'empressement à lui adresser une invitation à venir nous voir.

« Je retiens de mon mieux les termes que mon cher papa m'indique en courant pour l'excuser de ne pas écrire lui-même, et bravement je mets sur le papier lilas que j'emploie d'habitude :

« Monsieur et cher cousin.

« Je croyais par cet en-tête avoir fait acte de toute la politesse désirable envers ce personnage que je n'ai jamais vu; mais j'étais dans l'erreur, car il paraît que si j'avais bien commencé, ma fin en revanche était déplorable. J'avoue qu'elle m'avait bien embarrassée, ayant oublié de demander à père comment il fallait terminer. Qui pouvais-je interroger sur ce point? Ce n'était pas miss Agnès, certes, qui eût pu me renseigner, et Roger était absent pour toute la journée. Force me fut de ne m'en rapporter qu'à mon ignorance, et il me vint la mauvaise inspiration, en songeant à l'ancienne situation élevée de ce cousin, de lui offrir « l'assurance de ma haute consi-« dération ».

« Pour comble de maladresse, j'avais mis simplement comme suscription :

Monsieur de MONTBEL,

à MONTBEL,

près NIORT.

« La réponse ne se fit pas attendre, et mon cousin, très offensé, déversait sur un papier bien blanc les larges caractères d'une écriture à la plume d'oie trempée dans les flots d'une encre bien amère.

« Il disait en propres termes qu'il ne lui serait pas possible d'accepter une invitation faite en ces termes par une petite pécore, — le mot y est, — aussi ignorante des usages du monde que de la politesse.

« Je savais bien, ajoute mon sévère cousin, que la cour-
« toisie disparaissait des mœurs publiques; mais je ne le
« croyais pas à ce point, et tout cela vient de ce qu'en
« famille on néglige trop les formes extérieures; les mau-

Jeanne écrivant au comte de Montbel.

« vaises habitudes se prennent de frères à sœurs, de mari
« à épouse, et quand on se laisse aller sur cette pente,
« on n'en peut plus remonter le courant. A quoi voulez-
« vous, mademoiselle Davrignac, que me serve votre
« considération, pour élevée qu'elle soit? De mon temps
« on respectait les vieillards, et on les aimait un peu
« quand ils étaient aimables, on ne les *considérait* pas.
« De plus, on se dispensait pour leur écrire de ces papiers
« aux couleurs indécises et au format lilliputien. Eh!
« l'adresse seule de votre lettre était une inconvenance!

« Je tiens, comme tous ceux de ma caste, à mon titre « et à mon château ; vous deviez écrire :

« *Monsieur le comte de MONTBEL,*

« *au château de MONTBEL,*

« *près NIORT.* »

« Vous voyez, chère Mammy, si je fus tancée vertement !

« Ce qui me fit le plus de peine dans tout cela, c'est que mon pauvre père dut écrire à son tour à notre respectable parent pour excuser sa sotte fille, à qui il dit ensuite simplement :

« — La leçon est un peu sévère, mais elle est juste, et il te faudra, ma chérie, étudier un peu les formules de correspondance. Je sais bien que la vraie politesse vient du cœur et repose avant tout sur la bonté ; mais les formes en sont, dit-on, la sauvegarde, et on doit les connaître. »

« C'est pourquoi je m'adresse à mon bon ange pour lui demander si elle ne possède pas un petit traité des lois de la correspondance faisant pendant à celles de l'hospitalité et que je pourrais étudier de même, afin de n'être plus exposée à blesser personne même involontairement.

« Merci à l'avance, bonne Mammy, et croyez que ma reconnaissance nouvelle sera aussi grande que mon affront vient d'être cuisant.

« Votre JEANNE à toujours. »

XVI

LE PETIT CODE ÉPISTOLAIRE DE Mme DE BRÉCOURT

Il va sans dire que la vieille amie de Jeanne ne s'était pas fait prier pour lui envoyer le formulaire réclamé, et deux jours plus tard on la voyait lire attentivement les lignes suivantes :

« Le style c'est l'homme, » a dit Buffon, et cet axiome est surtout juste lorsqu'il s'agit du style épistolaire, pour lequel le cœur est souvent le meilleur guide à consulter. N'est-ce pas de lui que naissent nos pensées d'affection, de reconnaissance et de respect ?

« Il faut écrire comme on pense, sans chercher de ces phrases précieuses qui bannissent le naturel et respirent l'affectation : la principale qualité de ce style, c'est d'être précis et simple.

« Cela veut-il dire qu'on soit dispensé dans une lettre des formes de la politesse et de l'amabilité ? Qu'on se garde de le croire. L'amabilité et la bienveillance sont les premiers des devoirs sociaux, et leurs formules, comme celles de la politesse, demandent à être plus accentuées dans la correspondance que dans la conversation.

« C'est ainsi que, s'adressant à une personne que l'on connaît un peu plus qu'une étrangère, on lui écrira très bien : « Au revoir, chère madame, » alors que *parlant à sa personne,* comme disent les huissiers, on ne dirait que « bonjour, madame » et « au revoir, madame ».

« Il faut aussi observer, dans la langue écrite, plus de correction que dans le langage parlé. « Les paroles s'en-« volent, et les écrits restent, » dit un proverbe bien ancien; on doit songer qu'une lettre peut parfois s'égarer en des mains étrangères, et que par conséquent il n'y faut jamais rien laisser passer dont on puisse rougir, telles que des phrases mal tournées, des ratures, des fautes d'orthographe et une écriture illisible.

« De cette dernière, un homme célèbre disait très justement :

« Une mauvaise écriture est une des formes du mépris « qu'on a pour autrui; car elle prouve qu'on attache plus « de prix à son propre temps qu'à celui des autres. »

« Tout le monde n'est pas heureusement tenu d'avoir le talent de Mme de Sévigné; mais aussi tout le monde ne peut, selon son expression, laisser à ses pensées « la « bride sur le cou ». Il faut un peu les peser, mesurer les termes qu'on emploie, pour s'assurer qu'il n'y a aucune équivoque dans leur expression, et que celle-ci n'est pas de nature à être mal comprise et mal appréciée.

« En un mot, un papier très net, une écriture sinon élégante, au moins bien formée et bien alignée, un style pondéré, sans sécheresse ni exaltation, préviendront en faveur de la correspondante bien autrement que des phrases hyperboliques, écrites sans ordre et sans souci de la façon avec laquelle on pourra les lire.

« Le plus ou moins d'élégance du papier dépend du prix qu'on y veut consacrer. On peut lui faire porter son monogramme, ses initiales, voire même ses armoiries ou une devise d'adaptation, un emblème, un prénom, un sujet de fleurs ou d'animaux symboliques. Les gens de goût savent ne pas choisir dans ces fantaisies celles qui sont criardes ou vulgaires.

« Le format du papier se règle sur la situation de ceux

à qui la lettre s'adresse. Il est évident que pour écrire à un supérieur on ne choisira pas un papier de dimensions exiguës, couleur feuille de rose ou bleu de ciel, non plus que pour demander un service à quelque personnage.

— Voilà, s'écria Jeanne, ce à quoi je n'avais pas réfléchi. Il fallait, pour ce cas cérémonieux, prendre un papier blanc de plus grande dimension. »

Elle reprit :

« Tout ce qui est supplique ou pétition ou sollicitation de faveur se fait sur le papier ministre, avec enveloppe assortie.

— Je ne pense pas toutefois que j'eusse dû aller jusque-là pour inviter un cousin, si haut placé qu'il fût, à partager notre modeste existence, » observa gaiement la jeune fille.

Elle lit encore :

« Autrefois l'adresse s'écrivait en répétant deux fois le mot « Monsieur » ou « Madame », et cette coutume venait, paraît-il, de l'ancien usage de la formule latine *Dominus dominus,* indiquant la supériorité d'un seigneur féodal sur ses vassaux même les plus élevés. Donner deux fois la classification, c'était affirmer modestement qu'on se reconnaissait inférieur à son correspondant.

« Aujourd'hui, que le siècle prêche la rapidité, on a supprimé une fois le « Monsieur » ou « Madame », jugés inutiles; mais on conserve le titre, si la personne en a un.

— Que ne l'ai-je su plus tôt!

« Le timbre-poste se place bien régulièrement au coin et à droite de l'enveloppe. Ce timbre doit toujours être suffisant pour le poids qu'il prétend affranchir. Si le poids de la missive qu'on envoie semblait trop juste, il vaudrait mieux mettre un second timbre que d'exposer son correspondant à payer une surtaxe, chose désagréable et impolie.

« On est quelquefois embarrassé pour savoir si l'on doit joindre un timbre-poste à une lettre pour laquelle on demande une réponse. Cela dépend des cas :

« Si on sollicite quelque avis spécial d'une personne que l'on connaît à peine, et qu'on la mette dans l'obligation de vous répondre directement, il faut joindre un timbre-poste à la lettre, s'adressât-on à une duchesse ou à quelque haut personnage.

« Supposons qu'on écrive dans ces conditions pour demander des renseignements sur un serviteur que ces personnes ont eu, il ne faut pas du tout croire qu'on les blessera en ajoutant un timbre pour la réponse. Si elles ont la notion précise du savoir-vivre, elles se serviront du timbre et n'auront jamais l'idée de le *retourner*, comprenant bien que chacun a sa délicatesse, et que si l'on peut consentir à être redevable d'un léger service, on ne veut pas qu'il induise l'obligeur en une dépense, si minime soit-elle.

« Il n'en serait pas de même si l'on avait déjà quelques relations avec la personne à qui l'on écrit, et que l'on fût exposé à lui rendre le même service en d'autres circonstances. L'envoi du timbre marquerait alors une sorte de fierté plus réservée que sympathique; mais encore celui qui en serait l'objet ne devrait-il pas s'en trouver blessé.

« Il n'est pas besoin de dire qu'on ne fait jamais cette addition de timbre lorsqu'il s'agit d'une pétition ou d'une lettre dans laquelle on solliciterait une protection ou ferait appel à quelque charité. Le timbre, en ce cas, paraîtrait dérisoire.

« Il devient inutile encore si l'on s'adresse à un fonctionnaire, qui peut répondre par voie administrative et qui jouit, par conséquent, du bénéfice de la franchise.

« On met rarement un timbre-poste dans une lettre

adressée à un négociant pour réclamer les renseignements sur ses produits, surtout si on a l'intention d'en acquérir. Les frais de poste qu'il contracte ainsi, pour donner à connaître sa marchandise, sont attribués par lui à l'article publicité dans les frais généraux de son commerce.

« Un autre point délicat dans la correspondance regarde les lettres non affranchies, c'est-à-dire celles que l'on confie à un intermédiaire obligeant. On peut se demander si l'on doit remettre cette lettre ouverte ou fermée, et pourtant il n'y a pas d'hésitation à avoir. Si la personne à qui vous confiez votre missive ne vous semble pas assez discrète pour en respecter le secret, ne choisissez pas son entremise; mais ne faites jamais à qui que ce soit l'affront de montrer ce manque de confiance, alors qu'on vous rend le service de se charger de votre pli. Donnez-le ouvert ou ne le donnez pas du tout.

« De son côté, si la personne qui le reçoit est véritablement délicate, elle s'empressera de le cacheter immédiatement en votre présence; car on a remarqué avec raison que les gens honnêtes sont toujours ceux qui donnent le plus de garanties contre eux-mêmes.

« Une autre raison motive encore leur conduite en cette circonstance : cette lettre, par un hasard indépendant de la volonté de tous, peut être égarée, et, si elle est fermée, elle ne court pas le risque d'être lue par tous ceux dans les mains desquels elle pourrait tomber.

« Cette petite opération se fait simplement, sans observation de part ni d'autre, et le destinataire lui-même n'a pas à s'étonner de recevoir la lettre cachetée des mains d'un tiers, puisque tel est l'usage établi.

« Ce serait bien différent s'il s'agissait d'une lettre de recommandation; non seulement celle-ci se remet ouverte à la personne qui l'a sollicitée, mais cette personne peut en prendre connaissance; elle doit même le faire pour en formuler ses remerciements d'une façon plus précise et plus chaleureuse.

— Il est vrai que ce sont des détails qui ont bien leur importance, interrompit encore Mlle Davrignac. Voyons la suite :

« La date doit-elle être placée en haut de la lettre ou en bas? — En haut, et certaines personnes bien avisées ont l'habitude tout à fait excellente de faire toujours précéder cette date de leur adresse, ce qui est absolument conforme au savoir-vivre.

« Dans une pétition, la date seule est en haut, l'adresse se place à la fin après la signature.

« Un mot sur cette signature :

« La femme ou jeune fille, écrivant à des étrangers ou à de simples connaissances, ne signe pas de son prénom; cette signature est réservée à la stricte intimité.

« L'initiale du prénom a seule place en avant du nom de famille.

« Il nous paraît inutile de donner des règles pour les lettres d'amitié, par leur nature même elles échappent à un convenu précis; pourtant nous dirons que, même dans l'intimité, il est bon de ne pas trop s'affranchir de la bonne tenue, aussi bien dans la correspondance que dans les manières.

« Tout le monde sait que pour commencer une lettre, quelle qu'elle soit, on écrit en vedette le mot *Monsieur, Madame* ou *Mademoiselle,* sans abréviatif. On le place plus ou moins haut, selon que la lettre est plus ou moins longue ou cérémonieuse; mais jamais on ne le supprime même pour le mettre dans la première phrase de la lettre.

« Les appellations « Ma chère une telle » ou « Ma chère amie » sont sujettes à la même forme.

« Sous ce mot en vedette on ménage un blanc équivalent à l'espace de deux ou trois lignes environ. La marge, large autrefois, est maintenant insignifiante la plupart du temps. Cependant certaines personnes minutieuses en ont conservé l'habitude.

« Ce n'est que dans une étroite intimité qu'on l'utilise après coup; car en principe, il est bon d'éviter d'écrire en travers à la façon anglaise; mieux vaut prendre une demi-feuille supplémentaire que d'imposer à ceux qui reçoivent votre prose la peine de la lire difficilement dans les entre-croisures.

« On laissera aussi, en haut et en bas des pages, un blanc uniforme.

« Pour les pétitions, le blanc demande à être large partout. La marge prend le tiers de la feuille; l'appellation mise en vedette s'écrit également au tiers de la hauteur, et la première page ne reçoit que cinq ou six lignes d'écriture. En revanche on écrit au verso, le recto devant servir le plus souvent à recevoir les décisions du personnage à qui l'on s'est adressé. On n'excepte de cette manière de faire que les pièces ou pétitions officielles destinées à l'impression.

« Dans les lettres ordinaires, les salutations se mettent simplement à la ligne; mais dans une lettre à un personnage on laisse au moins l'intervalle d'une autre ligne, et l'on étage, sans jamais les scinder, les formules de la terminaison.

« Supposons une pétition à un ministre, elle finira ainsi :

Je suis avec le plus profond respect,
Monsieur le Ministre,
De Votre Excellence,
Le très humble et dévoué (ou *obéissant*) *serviteur.*

« Si l'on avait à écrire à un prince d'une maison royale,

on mettrait en vedette le mot *Prince,* sans le faire précéder de *Monsieur;* à une femme de maison souveraine, ce serait au contraire le mot *Madame* qui figurerait en tête, et celui de *Votre Altesse* dans le cours de la lettre, à moins qu'il ne s'agisse d'une reine, auquel cas on dirait *Votre Majesté.*

« Ce même terme serait employé dans le courant d'une lettre à un souverain; mais alors c'est le mot *Sire* qui serait mis en vedette.

« Quant à la terminaison, si on voulait lui donner une tournure plus cérémonieuse encore, on mettrait :

J'ai l'honneur d'être,
Avec le plus profond respect,
Sire (ou *Prince* ou *Madame*),
De Votre Majesté (ou *De Votre Altesse*),
Le très humble ou obéissant sujet (ou *serviteur*).

« Pour le chef de l'État, dans des pays vivant, comme le nôtre, sous le régime républicain, l'appellation est : *Monsieur le Président,* et la formule finale :

Je suis, avec le plus profond respect,
Monsieur le Président,
Votre très humble serviteur.

« Le même protocole serait employé envers un prêtre revêtu d'une haute dignité ecclésiastique, évêque ou cardinal. En dessous de la formule du respect on ferait figurer le mot :

Monseigneur.

« Viendrait ensuite l'expression :

De Votre Grandeur, pour un évêque; *De Votre Éminence,* pour un cardinal, et toujours :

Le très humble et obéissant serviteur (ou *obéissante servante*).

« Une femme, dans tous ces cas, se soumet aux mêmes usages que les hommes. Il n'en est pas ainsi dans d'autres que nous indiquerons.

« Si on adresse à un préfet ou à un fonctionnaire civil une réclamation ou demande quelconque n'ayant pas le caractère d'une pétition, on termine simplement de cette manière :

Veuillez, Monsieur le Préfet (ou autre titre), *recevoir l'expression de ma considération distinguée.*

« Le post-scriptum n'est pas admis dans les lettres de cérémonie, il est spécial aux lettres d'affaires ou d'amitié.

« Dès que la lettre commence à avoir un certain caractère d'intimité, on ne met plus seulement à son début *Monsieur, Madame,* etc., qui sont ou trop secs ou trop cérémonieux.

« Il n'est pas nécessaire d'afficher à l'égard de ses correspondants une froideur qui serait presque offensante, en ce sens qu'elle pourrait leur donner l'idée qu'on veut les tenir à distance, ne les jugeant pas dignes d'être de vos amis.

« En ce cas, il est permis d'ajouter au mot *Monsieur* ou *Madame* le nom de la personne, et le plus souvent on fait précéder le tout du mot *cher*. *Cher monsieur un tel* marque un degré d'intimité plus grand que *Cher monsieur* tout court.

« Les titres qui s'énoncent dans la conversation reparaissent dans la correspondance. On écrit : *Cher comte, Chère comtesse,* ou, s'il n'existe aucune intimité : *Monsieur le duc, Madame la marquise.*

— Pardonnez-moi, cher comte de Montbel! s'écria alors Jeanne Davrignac, c'est là que j'ai péché. On ne m'y prendra plus. Je termine mon étude.

« Pour un militaire, on commence : *Monsieur le capi-*

taine, Monsieur le général, et dans le cours de la lettre on dit fort bien : *capitaine, général,* sans être taxé d'impolitesse.

« A un ecclésiastique, on écrit : *Monsieur l'abbé, Monsieur le curé* ou *Monseigneur,* selon le cas, et la femme aussi bien que l'homme placera le mot *respect* dans la terminaison de sa lettre, s'adressât-elle au plus pauvre desservant de village.

« Dans les rapports mondains, une femme ne parle de son respect pour un homme que lorsque celui-ci est assez âgé pour pouvoir prendre à l'égard de celle qui lui écrit une attitude toute paternelle.

« Elle peut lui envoyer *l'assurance de sa considération distinguée,* le prier de *recevoir l'expression de ses sentiments distingués.*

« La même formule peut être employée envers une personne de votre âge, si elle n'est pas assez intime pour qu'on lui fasse des protestations d'amitié : *des compliments affectueux, des assurances d'attachement sincère,* etc.

« *Agréez l'expression de mes meilleurs sentiments* est une formule très usitée. Si la dame à qui l'on s'adresse est âgée, on change ces *meilleurs sentiments* en *sentiments respectueux.*

« Les élèves qui écrivent à leur professeur emploient les formules respectueuses dues par l'inférieur au supérieur, et peuvent y glisser avantageusement le mot de *reconnaissance.*

« Une lettre à un fournisseur, même à un ouvrier, doit revêtir l'esprit de politesse et de bienveillance le plus parfait. On ne dira pas : *Envoyez-moi telle chose. Faites-moi ceci* ou *cela.* Mais : *Je vous serai obligé de m'envoyer ceci, de me faire cela.* Et surtout aucune de ces missives ne doit se terminer sans quelques *salutations empressées* ou *meilleurs compliments.*

« Il est même permis d'y introduire un mot affectueux, si les rapports anciens le comportent.

« Le salut est dû même à un domestique à qui l'on écrit, et rien n'oblige à ce qu'il soit donné avec sécheresse. Une femme écrivant à sa cuisinière ou un mari à son valet de chambre diront très bien : *Croyez à mes bons sentiments pour vous,* surtout s'il s'agit de serviteurs éprouvés qu'on possède depuis longtemps.

« Il n'est nullement alors contraire à la dignité de leur témoigner un peu d'affection; ce serait même un manque de cœur de conserver quelque morgue envers eux. S'ils nous ont consacré leur vie et leur dévouement, n'ont-ils pas acquis le droit de faire un peu partie de la famille?

« Quant aux réponses obligatoires, il en est quelques-unes :

« Si l'on reçoit la nouvelle d'un deuil par lettre manuscrite, ce qui suppose toujours une certaine intimité, on doit y répondre immédiatement par une lettre émue témoignant de la compassion qu'on ressent pour la douleur de ceux qui sont atteints dans une de leurs chères affections, et, dans ce cas, la lettre ne doit pas être adressée à la personne qui a écrit, mais au plus proche parent du défunt pour qui elle a rempli cet obligeant office.

« Il en est de même pour le cas où l'on n'adresse qu'une simple carte, en réponse à une lettre imprimée. C'est à la personne à qui on veut le plus témoigner sa sympathie qu'on la destine. Il est souvent bon alors d'ajouter sur cette carte quelques mots de condoléances.

« Bien souvent encore une lettre bien sentie répond à un simple imprimé; c'est le degré de sympathie ou d'intimité qui règle la conduite à tenir en pareille occurrence.

« A un faire-part de naissance on répond également par une simple carte, si l'on n'a avec les intéressés que des relations ordinaires; on met sur la carte un mot de félicitation, si les rapports sont un peu fréquents, ou, pour féliciter enfin, on écrit en cas d'intimité établie.

« Pour un mariage, on ne fait de réponse écrite qu'à une annonce manuscrite. Une simple carte suffit quand on a été convié à la bénédiction nuptiale et qu'on se trouve empêché d'y assister. Toutefois si la cérémonie est suivie d'un lunch et qu'on y soit convié, il est bon de mettre sur sa carte un mot d'excuse et des souhaits de bonheur pour les jeunes époux, tout en adressant cette carte aux parents de qui on tient la politesse.

« A une invitation à dîner on doit aussi répondre promptement, les amphitryons ayant besoin d'être fixés le plus tôt possible au point de vue de leurs préparatifs.

« Un court billet suffit pour cette réponse, on le rédige à peu près en ces termes :

« Cher Monsieur et chère Madame, nous acceptons « avec un grand plaisir la gracieuse invitation que vous « avez bien voulu nous adresser, et nous vous remercions « d'avoir pensé à nous. »

« Ou si l'on refuse :

« Nous regrettons très vivement que tel motif nous « prive du plaisir d'accepter, etc. »

« Pour les soirées, on peut se borner à envoyer sa carte aussitôt la réception de l'invitation, sans dire si l'on accepte ou non, lorsqu'on veut avoir le temps de réfléchir. Mais il est infiniment plus poli d'ajouter sur la carte, sous le nom de Monsieur et Madame X... :

« Remercient Monsieur et Madame X... d'avoir pensé « à eux, et espèrent que rien ne les empêchera de se rendre « à l'aimable invitation qui leur est adressée. »

« En cas de refus, on doit quand même des remerciements et des regrets.

. . . .

— Enfin! s'écria Jeanne en fermant son petit livre, cette fois me voilà ferrée en matière de correspondance. Que mon grand cousin revienne sur sa décision et me fasse passer un interrogatoire, il verra que je ne suis pas si pécore qu'on veut bien le dire, et qu'il n'y a pas que de son temps qu'on sait être civil. »

XVII

UN DINER RÉCONCILIATEUR

Le vœu de Jeanne devait être exaucé : le comte de Montbel, sensible aux excuses de M. Davrignac, consentait à accepter l'hospitalité qui lui était offerte, ne fût-ce, disait-il, « que pour connaître la singulière petite personne qui faisait si peu de cas des vieillards. »

Cette réponse ne présageait pas grande indulgence pour la pauvre Jeanne; mais elle se résigna à en admettre les effets. Comme elle était essentiellement bonne et simple, l'occasion de se faire pardonner sa bévue lui semblait bien préférable à la pensée de laisser d'elle une si mauvaise impression.

Ce qui augmentait son courage pour entreprendre cette sorte de réhabilitation, c'était la présence de Mlle Lerminier, que Jeanne attendait pour le lendemain, et qui l'aiderait, pensait-elle, à contenter son grincheux cousin.

Et puis la joie de revoir une amie telle que Marie-Louise pouvait bien lui apparaître comme une compensation.

Avec quelle ardeur elle installa sa chambre auprès de la sienne! Et quelles bonnes parties de rire elle s'y promettait, surtout lorsqu'on saurait Marguerite endormie!

Disons toutefois que cette perspective de gaieté ne lui avait pas fait oublier ses autres obligations, car elle s'était mise en quatre pour rendre le séjour agréable au vieux comte, lui avait choisi la pièce la plus gaie, la plus aérée de la maison, d'abord parce qu'elle communiquait avec un grand cabinet où M. de Montbel pourrait mettre coucher le valet de chambre qui ne le quittait jamais, et ensuite parce qu'elle était un peu séparée des autres, ce qui assurerait à l'hôte une plus grande tranquillité.

Ce choix ratifié par M. Davrignac, Jeanne se mit à tout organiser, à tout revoir et à parer de son mieux cette grande chambre, qui donnait sur une allée de verdure.

Tout était prêt quand Mlle Lerminier arriva, de sorte que nulle préoccupation ne vint troubler les expansions des deux jeunes filles dans cette première journée.

Le lendemain, Jeanne n'eut plus qu'à donner un coup de plumeau général, et elle plaça sur la table du milieu un joli bouquet de reines-marguerites, se rappelant que les fleurs étaient le sourire adressé aux arrivants.

L'aimable enfant croyait que le visiteur serait satisfait. Qu'eût-elle pensé si elle avait entendu le vieux rodomont s'écrier, en pénétrant dans ce charmant endroit :

« Oh! oh! c'est gentil ici! Mais on m'a pris pour une petite maîtresse capable d'avoir des vapeurs. De l'eau, du sucre sur un plateau, des fleurs dans les vases! Il ne manque plus qu'un éventail et une cassolette à poudre de riz. Par le roi! un flacon d'eau-de-vie et une boîte de cigares eussent vraiment mieux fait mon affaire!

— Vous les y trouverez à coup sûr, cher comte, dit M. Davrignac, qui s'était chargé lui-même d'aller prendre son hôte à la gare et de l'introduire dans son apparte-

M. Davrignac présente toute sa famille à M. de Montbel.

ment. D'ordinaire ma grande fille pense assez à tous ces détails.

— Il n'y a donc que son savoir-vivre qu'elle oublie d'étudier?

— Elle a dû le faire après votre leçon, comte; car il ne lui arrive guère d'être prise en faute deux fois sur un même point.

— Allons, tant mieux, tant mieux! Et quand verrai-je cet oiseau rare, qui n'a pas jugé bon de se présenter à mon arrivée?

— Elle sera là pour le dîner, assurément. Son absence

momentanée est due à une cause tout à fait accidentelle : pendant que j'étais au chemin de fer, on est venu la chercher pour l'enfant du jardinier, qui s'est cassé la jambe en tombant d'un arbre. Il était difficile de ne pas répondre à cet appel.

— Ah! Mlle Davrignac joue à la sœur de Charité dans ce village?

— Non, cher comte, reprit dignement l'architecte, ma petite Jeanne ne joue aucun rôle; elle remplit quelquefois, en effet, l'office d'une sœur de Charité, mais en toute simplicité et pour suivre l'élan de son cœur. »

Le ton pénétrant avec lequel ces paroles étaient prononcées eut-il le don de toucher l'hôte rébarbatif? On ne sait; toujours est-il qu'il arrêta ses sarcasmes.

Après avoir demandé l'heure exacte du dîner et décliné toute offre de prendre le moindre apéritif, il pria M. Davrignac de lui envoyer son valet de chambre pour l'aider à réparer le désordre de sa toilette.

La vérité nous oblige à dire qu'il paraissait sortir d'une boîte, tant il était pimpant, rasé, frisé et tiré à quatre épingles; mais quelques grains de poussière avaient, pendant le voyage, poussé l'inconvenance jusqu'à s'introduire dans les replis de sa cravate. C'était trop pour le minutieux personnage, il fallait que son serviteur y mît bon ordre.

A l'heure juste M. de Montbel descendit à la salle à manger, où M. Davrignac lui présenta toute sa famille, ainsi que Mlle Lerminier et miss Agnès. Lorsque ce fut le tour de sa fille aînée, elle s'inclina, et au nom de Jeanne Davrignac annoncé par son père elle ajouta, toute rougissante :

« Qui a bien des excuses à vous faire, monsieur le comte.

— Bon! bon! ne parlons plus de cela. Quand la jeunesse reconnaît ses torts, on ne doit pas lui en tenir rigueur, tandis que ne pas les reconnaître, c'est s'avouer incapable de mieux faire.

— J'étais aussi bien en regret de manquer à mes devoirs de bienvenue, reprit Jeanne timidement. Père a dû vous en donner le motif.

— Oui, un motif très louable. Mais venez donc, petite cousine, que je vous embrasse, afin de faire une paix complète avec vous. »

Jeanne, avec empressement, présenta son front, où M. de Montbel déposa un paternel baiser.

Puis, se tournant vers le maître de la maison, il lui dit à mi-voix :

« Votre fille a l'abord vraiment affable, mon cher Davrignac ; je me plais à le constater.

— Hélas ! répondit le tendre père avec une nuance d'émotion dans le regard, elle est ma grande consolatrice en même temps que la petite fée de mon foyer.

— Quoi ! c'est elle...?

— Qui veille à tout, oui, cher comte.

— Mais ce couvert si bien mis, cette table si joliment parée...?

— Est son ouvrage.

— Je la croyais absente tout à l'heure ?

— Elle sait toujours prendre une certaine avance pour pouvoir à l'occasion faire face à l'imprévu.

— Alors c'est une perle !

— Pour moi, certes ! Mais si nous nous mettions à table ? proposa M. Davrignac.

— Le fait est que l'aspect en est engageant, » répondit M. de Montbel.

En effet, sur la large table rectangulaire s'étalait une nappe d'une éclatante blancheur, dont le tour était toutefois égayé par une jolie broderie en coton rouge qu'on devinait être un travail de jeune fille. Un chemin de table et des dessous de carafe en toile également brodés complétaient l'ornementation de cette nappe et lui donnaient une note agréable à l'œil.

Le milieu de la nappe était occupé par une masse de fleurs arrondie en dôme, sorte de corbeille dont on n'apercevait pas le corps pour la bonne raison qu'il n'en existait pas.

Jeanne, pour faire ce genre d'ornement, prenait une planchette ovale qu'elle recouvrait d'un sable fin, humide et serré en forme de cloche, autour de laquelle on dispose de la mousse. Les fleurs, piquées dans ce sable, y conservent la position qu'il a plu de leur choisir, et on peut les agencer ainsi en un gracieux petit parterre.

Celui qui était présent et qu'avaient composé les deux amies se trouvait particulièrement réussi.

De chaque côté, à une certaine distance, trônaient deux corbeilles de fruits, l'une contenant des poires et des pommes, et l'autre du raisin et des pêches. Elles étaient escortées de deux assiettes de petits fours et de confituriers de cristal contenant des compotes et des fruits à l'eau-de-vie, le tout achevant l'arrangement central de la table.

Six carafes, dont deux à l'eau, deux de vin blanc et deux de vin rouge, jugées suffisantes pour huit convives, s'étalaient symétriquement en dehors du premier pourtour.

On voyait enfin briller la double auréole des cristaux resplendissants, représentés par le grand verre, près duquel se groupaient le verre à bordeaux et le petit verre à madère, et les porte-couteaux mêlés à une argenterie éblouissante de propreté.

Une jolie faïence finement décorée, sur laquelle reposaient les serviettes pliées en nœuds géométriques, achevait de donner à l'ensemble un aspect aussi coquet qu'agréable.

On prit place. M. Davrignac, occupant naturellement le milieu de la table, eut à sa gauche Mlle Lerminier et à sa droite miss Agnès, qui avait l'excellente habitude de s'occuper du jeune René, lequel, d'ailleurs, se tenait généralement à table comme un homme.

En face du maître de maison, veuf, la place appartenait à sa fille, qui devait, comme une vraie maîtresse de maison, veiller avec lui au bien-être et à la satisfaction des convives. M. de Montbel, comme personnage masculin le plus important, se mit donc à la droite de Jeanne, ayant de l'autre côté Marguerite, placée entre lui et Marie-Louise.

Il admira d'abord son nom et son titre, auquel il tenait tant, écrit sur le verso d'une carte au coin de laquelle figurait un dessin de légume animé.

Chacun avait le sien comiquement varié : c'était une carotte en marche, une famille d'oignons en pleurs, un poireau qui danse, etc., en dessous desquels s'étageait le menu suivant :

Potage julienne.
Sole normande.
Canard aux navets.
Filet de bœuf rôti.
Salade.
Choux-fleurs au fromage.
Velouté au chocolat.
Camembert.
Fruits et petits fours.
Vins et liqueurs.

« Voilà un menu qui fait honneur à son chef, s'exclama M. de Montbel; il est délicat et bien compris.

— C'est toujours ma fille qui les compose, dit M. Davrignac, car nous n'avons en fait de serviteurs que notre vieille Catherine comme cuisinière et, depuis peu, son neveu pour servir à table.

— Mes compliments, petite cousine, vous vous y entendez.

— Mes menus ne sont jamais très chargés, répondit Jeanne; bien qu'à la campagne, nous conservons sur ce point les habitudes de Paris.

— Oui, approuva M. Davrignac, nous avons renoncé à ces défilés de plats nombreux qu'on fait encore subir à ses hôtes dans certaines provinces, ayant trouvé, avec plusieurs de mes amis, que c'était mal comprendre l'hospitalité que de lasser la patience de ses convives en les retenant des heures à table.

— C'est fort bien raisonné, dit M. de Montbel, qui, en sa qualité de vieux gourmet, préférait la qualité à la quantité; le plus agréable des menus est celui qui se présente court et bon.

— Aussi, répliqua Jeanne, restons-nous dans ces limites : un potage, une entrée, un rôti, des légumes, un plat sucré et du dessert.

— Bravo, ma mie! Voilà un ordinaire dont s'accommoderaient les plus difficiles. »

Tout était bien préparé, bien présenté et cuit à point, ce qui en doublait le mérite. M. Davrignac avait l'habitude familiale de découper lui-même les pièces des entrées et du rôti, avant de remettre le plat au domestique qui remplissait l'office de serveur. Par contre, Jeanne distribuait les fruits et le dessert.

Ce service s'était fait sans bruit; un signe indiquait au serveur ce qui pouvait manquer à l'un ou à l'autre, et nulle observation à voix haute ne venait interrompre la conversation des convives.

Le si sévère M. de Montbel ne tarissait pas d'éloges devant cette organisation, qui lui semblait parfaite; et, si

Jeanne avait été moins modeste par nature, elle eût certainement commis ce soir-là plus d'un péché d'orgueil, car, en dehors des détails du service, le velouté au chocolat dont on se serait presque léché les doigts, était son œuvre, ainsi que les meringues sèches qui l'accompagnaient et d'autres petits gâteaux.

Ces éloges recommencèrent le lendemain, lorsque le comte, après avoir eu un petit déjeuner du matin servi dans sa chambre, vit venir pour midi un déjeuner d'œufs, de pâtés, de viandes grillées et de légumes, non moins bien composé que le dîner de la veille et tout aussi coquettement servi.

L'après-midi, M. Davrignac dut s'excuser près de son hôte, ses affaires l'obligeant à s'absenter; mais il proposait à sa fille de faire atteler le break pour entreprendre une petite excursion dans les environs : la visite d'un château historique.

« Ce sera avec plaisir, avait répondu le comte; du moment où vous me laissez toute cette jeunesse, je ne suis pas à plaindre, car je vais me croire au milieu des fleurs.

— On voit, cher cousin, lui dit M. Davrignac, que vous avez vécu à cette époque charmante où l'on tournait si bien le madrigal. Toute cette jeunesse, comme vous dites si bien, se fera une joie et un honneur de vous être agréable, sous l'aimable conduite de miss Agnès.

— Oh! *yes!* répondit l'Anglaise, *mon* conduite *il* sera régulière comme un aqueduc. »

Tout le monde se regarda avec un sourire; Jeanne seule n'osa pas lever les yeux sur Roger ni sur Marie-Louise. Elle sentait qu'ils auraient été pris tous les trois d'un fou rire, et elle se rappelait la leçon de Mme de Brécourt; mais Mlle Lerminier n'en laissa pas moins échapper un accès d'hilarité qui en gagna bien d'autres. M. Davrignac essaya de sauver la situation en disant :

« Miss Agnès, votre dictionnaire a dû vous faire confondre l'objet avec sa comparaison, car je n'ai pas voulu parler d'une conduite d'eau. »

On rit de plus belle, au grand étonnement de l'Anglaise, et un peu aussi, disons-le, à la surprise de Jeanne, qui se demandait pourquoi Marie-Louise, qu'elle jugeait si polie, n'imitait pas sa réserve au lieu d'exciter les plus jeunes à la moquerie.

Mais Jeanne n'était pas au bout de ses surprises relativement à Mlle Lerminier.

XVIII

OU IL EST DÉMONTRÉ QU'UN PEU DE RÉSERVE EST NÉCESSAIRE

La promenade eut lieu comme elle avait été projetée, et la gaieté qui s'était trouvée éveillée par la sortie un peu baroque de miss Agnès ne tarit pas durant tout le trajet. C'était à qui débiterait le plus de bons mots, de drôleries plaisantes, de récits de farces, convenables, cela va sans dire, devant l'Anglaise toujours froide, compassée, « raide comme un tuyau, » disait Roger à sa bruyante voisine, Mlle Lerminier, dont l'expansion dépassait toutes les autres.

Le vieux comte, gagné par la joie générale, s'était déridé au point de mêler ses sourires à cette exubérance toute juvénile.

Quand on fut arrivé au pied de la colline que dominait le château dont on venait faire la visite, on mit pied à terre, et les jeunes filles rétablirent vivement par quelques coups de pouce l'harmonie de leurs jupes et les plis de leur corsage, pendant que M. de Montbel donnait des chiquenaudes à sa cravate pour en chasser la poussière, et un coup de manche de son vêtement à son chapeau. Le pauvre couvre-chef avait été souvent caressé pendant la route par les coups de tête répétés de Mlle Lerminier, qui ne s'était pas toujours contentée de rire sur place, mais en agitant un panache par trop provocateur. Quant à miss Agnès, sa complète immobilité l'avait préservée de tout désordre. Elle descendit du véhicule aussi intacte qu'elle y était entrée.

Au moment de commencer le petite ascension, M. de Montbel dit à Jeanne :

« Je vous offre mon bras, petite cousine.

— Moi, je prends celui de M. Roger, » déclara aussi vite Mlle Lerminier.

Et, joignant le geste à la parole, elle s'accrocha au jeune homme avec un sans-façon extraordinaire.

Celui-ci en tressauta d'étonnement, pendant qu'une légère rougeur colorait ses joues. Il n'était pas habitué à cette manière cavalière d'agir de la part des jeunes filles qu'il avait rencontrées jusqu'ici.

Jeanne ne put dissimuler non plus un mouvement de stupéfaction. Elle qui était si modeste, si réservée avec les amis de son frère qu'elle avait eu l'occasion de voir, elle était suffoquée de la liberté que prenait ainsi Marie-Louise. Elle ne pouvait s'empêcher de penser :

Je n'en ferais pas autant, même avec Hubert, qui est un cousin, presque un grand frère pour moi.

Ce qui inspirait cette réflexion secrète à Jeanne, c'est qu'elle avait l'instinct de la circonspection qui doit marquer les rapports d'une jeune fille avec un tout jeune homme, fût-il un cousin ou un ami d'enfance. Elle savait que lorsque celui-ci était bien élevé, il n'offrait jamais le bras à une jeune personne en dehors des cas où il lui serait permis d'accepter celui d'un étranger, et, qu'en un mot, un cousin et une cousine pouvaient être de francs amis, mais jamais de joyeux camarades.

Que pensait donc Marie-Louise, qui ne connaissait son frère que depuis deux jours? Elle ne l'aurait jamais crue si peu posée.

La moins choquée par cet incident fut à coup sûr le chaperon de ces demoiselles. Miss Agnès était accoutumée à ces procédés qui lui rappelaient son pays, l'éducation anglaise laissant, par une anomalie singulière, prendre aux jeunes filles des libertés qu'on leur interdit aussitôt qu'elles sont jeunes femmes.

Pour ce qui était de M. de Montbel, en sa qualité de vieux chevalier français, il tenait plus que personne aux sévères coutumes qui veulent garder nos lis virginaux à l'abri du plus léger souffle capable d'effleurer leur éclatante blancheur; aussi avait-il fait une grimace; mais, sa remarque voulant être polie, il se contenta de dire :

« Votre amie a donc vécu au delà de la Manche, petite cousine?

— Pas que je sache, répondit Jeanne toute troublée.

— Alors sa façon d'être me surprend. »

La pauvre Jeanne ne trouvait plus rien à articuler, tant sa contrariété était grande à l'idée qu'on allait mal juger Marie-Louise. Déjà quelques-uns des conseils de sa chère Mammy lui traversaient l'esprit, et elle se demandait si elle n'avait pas eu tort de passer outre.

Ce fut bien pis lorsqu'elle vit Mlle Lerminier continuer, seule avec Roger, les plaisanteries et les rires de la route, puis l'attirer tantôt à droite, tantôt à gauche, pour cueillir une fleur dont elle voulait enrichir son herbier ou ramasser une pierre digne de figurer dans sa collection minéralogique.

Vraiment, se disait Jeanne, dont la gaieté s'était trouvée subitement coupée, je ne la comprends pas. Je veux bien que Roger pour elle ne tire pas à conséquence, puisqu'il n'a pas même son âge; mais elle va se faire passer pour une inconsidérée et une folle tête.

Tout cela, avouons-le, importait peu à Marie-Louise; on lui avait donné le droit de s'amuser, et elle en usait sans réfléchir.

Cependant ses rires se calmèrent un peu pendant qu'on explorait l'intérieur du château. M. de Montbel ayant jugé bon de rendre le bras à Jeanne pour qu'elle prît son petit René par la main, Roger l'imita, et on allait un peu de-ci, de-là, à la débandade sous la conduite d'un gardien instructeur, ou groupé autour de miss Agnès, qui suivait toutes les explications dans son guide Joanne.

Marie-Louise trouvait moyen de se rapprocher souvent de son cavalier et cherchait encore à le faire rire, soit par une réflexion moqueuse sur telle disposition ou tel ornement de la pièce, soit par une raillerie sur l'explication plus ou moins naïve ou primitive donnée par le pauvre cicérone.

Quoique plus discrètes, ces causes d'hilarité n'en manquaient pas moins de politesse envers le malheureux, qui, en somme, remplissait de son mieux son modeste devoir.

Déjà cet homme avait paru indisposé par la lecture d'un passage fait dans le livret par miss Agnès, et à un renseignement demandé par Marguerite, qui regardait et écoutait très sérieusement entre sa sœur et son institutrice, il avait répondu d'un ton un peu piqué :

« Vous le verrez sur votre guide. »

Jeanne avait compris que c'était là un reproche indirect

montrant que, dans sa rusticité, le gardien trouvait malhonnête qu'on eût l'air de douter de son savoir en le contrôlant sur un livre. Elle excusa la chose, en disant que miss Agnès était étrangère et comprenait mieux le français écrit que parlé.

L'amour-propre du métier étant satisfait, l'instructeur avait repris sa bonne humeur et ses explications.

Toutefois de temps à autre il lançait un regard mécontent du côté des rieurs. Mlle Davrignac, qui s'en était aperçue, mais qui ne se trouvait pas qualité pour réprimer son hôtesse, avait à voix basse et obligeamment prévenu Roger d'être plus sobre de gaieté.

« Je fais tout mon possible pour ne pas éclater, répondit-il du même ton, ma voisine est impayable ! »

Un nouvel incident allait achever de mettre le feu aux poudres.

Le guide, dans une explication historique, fit une erreur de date. Marie-Louise, précise comme une chronologie, s'écria :

« Pardon, mon brave, vous vous trompez d'un demi-siècle. »

L'interpellé ne releva pas la chose, mais il en devint pourpre, et dans la pièce suivante il se contenta d'ouvrir la porte sans plus dire un mot.

« Quelle est cette chambre ? demanda M. de Montbel.

— Je n'ai plus d'explications à donner à des personnes qui savent tout mieux que moi, répondit le gardien ; je me bornerai à vous accompagner pour ouvrir et fermer les issues.

— Voilà un individu bien susceptible, dit alors Mlle Lerminier ; on a bien raison de dire qu'il n'y a pas après les ignorants pour être suffisants.

— Oh ! je vous en prie, Marie-Louise, pas si haut, implora Jeanne, qui osait enfin parler à son inconséquente amie. A quoi bon blesser ce pauvre homme, qui est complaisant après tout! »

La fille du docteur s'arrêta; mais il semblait qu'une douche avait été jetée sur tous les assistants, car la visite, qui heureusement touchait à sa fin, s'acheva au milieu d'une froideur que les quelques mots prononcés de-ci, de-là par l'Anglaise, ne pouvaient effacer, malgré leur rectitude historique.

Quand on fut dehors et que Mlle Lerminier voulut reprendre ses railleries pour excuser sa conduite, personne ne répondit, et la chose tomba d'elle-même.

Il fallut faire ensuite de part et d'autre certains efforts pour ramener la conversation sur un terrain moins épineux; mais il fut impossible de ressaisir au retour la note si sincèrement joyeuse qui avait résonné à l'aller.

Pendant le dîner on vanta devant M. Davrignac tous les charmes de l'excursion, et personne ne fit allusion à l'ennui final. On semblait comprendre tacitement que c'eût été donner un blâme à Mlle Lerminier, qui en sa qualité d'hôtesse avait droit aux égards de chacun.

Toutefois, lorsque deux jours plus tard le comte de Montbel quitta les Ablettes, après avoir chaleureusement remercié de l'accueil qui lui avait été ménagé, il dit à M. Davrignac :

« Mon cher, votre fille est un ange; vous ne m'en aviez pas dit assez de bien, je l'adopte pour ma nièce; mais, entre nous, elle a une singulière amie, veillez-y. »

XIX

L'ARRIVÉE IMPRÉVUE

Deux jours s'étaient écoulés depuis le départ de M. de Montbel, et Jeanne s'était éveillée en disant :

« Il faut pourtant que j'écrive à ma vieille amie; elle va croire que je l'oublie. Cette Marie-Louise me prend tout mon temps. Et dire que ma chère Mammy ne sait rien encore de sa présence ici, alors qu'elle datera bientôt de huit jours! Non, vraiment, ce n'est pas bien ce que j'ai fait là. Aujourd'hui même je répare tous mes torts! »

Mais s'il est vrai qu'entre la coupe et les lèvres il y a place pour le passage de plusieurs existences, à plus forte raison peut-il y en avoir d'une heure à l'autre pour un changement d'avis. C'est ce qui arriva à Jeanne. Le courrier du matin lui apportait précisément une lettre de Mme de Brécourt lui disant, au milieu des plus douces choses :

« Je n'ai garde d'oublier, ma chérie, que c'est après-demain le 8 septembre, jour de la Nativité de la sainte Vierge et de ma Jeanne bien-aimée.

— C'est vrai, s'écria Jeanne, qui lisait cette lettre devant Marie-Louise, j'ai demain dix-huit ans!

— Ce qui veut dire, déclara Mlle Lerminier, que dans six mois je serai majeure. Ah! vraiment, il faudra que je songe à me marier.

— Oh! moi, j'ai encore le temps d'y penser, heureusement! riposta la douce Jeanne.

— J'ai entendu dire que votre père avait des vues pour vous.

— Pour me marier! se récria Jeanne; il ne m'en a rien dit.

— Oh! ne faites pas l'ignorante, reprit Marie-Louise, vous savez très bien de qui je veux parler.

— Mais non, je vous assure.

— N'avez-vous pas un ami d'enfance, une sorte de cousin, qui est militaire et à qui vous écrivez, je crois?

— Hubert? fit Jeanne tout émue.

— Ah! vous voyez bien que vous savez qui!

— Je n'ai que ce cousin-là.

— Et vous nierez sans doute que vous avez pour lui une grande affection.

— Oh! non, je ne le nie pas.

— Et qu'il vous la rend?

— Je veux le croire.

— Et que vous avez fait entre vous des projets d'avenir?

— Oh! cela, non, jamais!

— Vous ne rejetteriez pourtant pas l'idée de l'épouser dans un temps plus ou moins éloigné?

— Mon Dieu, non, peut-être, répondit Jeanne naïvement, si Hubert partage mes sentiments à son égard; mais j'avoue que je n'avais pas encore eu cette pensée. »

Elle réfléchit un moment, puis reprit :

« Vous me permettrez de continuer ma lecture?

— Comment donc! fit Marie-Louise.

« Attends-toi pour ce jour à une surprise, disait la lettre, et prie ton cher père, ou plutôt Roger, d'envoyer prendre ou de venir lui-même chercher à la gare, dans l'après-midi, deux colis qui ont besoin d'une certaine place.

— Qu'est-ce que cela peut bien être? » demanda-t-elle en s'interrompant encore.

Et elle courut lire la lettre à son père et à son frère, en leur demandant ce qu'ils en pensaient.

« Je ne sais pas du tout, répondit Roger.

— Et toi, père?

— Moi, j'ai bien une idée; mais je ne veux pas la dire, dans la crainte de me tromper. Et puis Marie dit que c'est une surprise qu'elle te ménage; il ne faudrait pas la dévoiler. Je suis encore retenu par mes maudites affaires; mais Roger fera bien de se rendre, avec le break, au train de trois heures; c'est à ce moment qu'arrivent gens et bagages de cette direction. Tu seras à la maison à quatre heures pour avoir la primeur des objets.

— Si c'était elle, par hasard? s'écria Jeanne tout anxieuse. Mais elle serait seule et ne parlerait pas de deux colis. Enfin, ajouta-t-elle, j'attendrai toujours à demain pour écrire et remercier, ou tout au moins à ce soir, quand j'aurai ouvert ce volumineux envoi. »

La journée se passa, comme de coutume, en apprêts de ménage et en promenades avec Marie-Louise. Pourtant, au déjeuner de midi, M. Davrignac dit à sa fille :

« J'espère que tu vas nous faire un petit dîner bien soigné pour ton anniversaire. J'offre le champagne, et je compte mériter par là quelque crème et quelque gâteau de la main de ma fille.

— Oui, petit père gourmand, dit Jeanne en l'embrassant, c'est entendu. Mammy ne m'a-t-elle pas dit que l'estomac était un petit détour dans le chemin du cœur? Je n'ai garde de l'oublier. »

L'architecte aussi embrassait sa fille avec tendresse, et il souriait d'une façon si énigmatique, que cela achevait de l'intriguer.

Jeanne, aidée de Marie-Louise, s'était, aussitôt le lever de table, mise en mesure de confectionner les douceurs demandées et promises; puis les deux amies, ayant été faire un tour de parc, rentraient à la maison pour quatre heures, lorsque Jeanne dit vivement :

« Voilà Roger, je reconnais le bruit de la voiture. Allons au-devant. »

Marie-Louise, qui avait la vue plus longue que Mlle Davrignac, regarda du côté de la grille et s'écria :

« Alors donnons-nous la main, cousine. »

« Il ramène une dame en noir et un officier!

— Un officier! répéta Jeanne en pâlissant d'émotion. Est-ce que ce serait Hubert?

— N'importe qui ce soit, répliqua sa compagne, je monte dans ma chambre faire un bout de toilette.

— Mais oui, une dame en noir, ce doit être Mammy, reprenait Jeanne; elle ne porte que cette couleur. »

Et la jeune fille oubliait sa compagne pour courir vers la grille, afin de se jeter plus tôt dans les bras de sa vieille amie.

« Ah ! quelle surprise, quelle bonne surprise ! » répétait-elle.

Elle riait et pleurait tout à la fois, pendant que Mme de Brécourt la serrait sur son cœur.

Lorsque, tout émue encore, Jeanne se dégagea de cette étreinte et qu'elle vit le jeune officier debout près de sa mère, elle fit un pas en avant, puis en arrière, en disant avec une sorte de stupeur :

« Ah ! Hubert ! ce qu'il est changé !

— Eh bien, dit Mme de Brécourt, vous ne vous embrassez pas ?

— Oh ! je n'oserais plus, fit Jeanne en rougissant, il a une trop grande moustache.

— Alors donnons-nous la main, cousine, dit le jeune homme avec une rondeur toute militaire; nous n'en serons pas moins bons amis.

— Je l'espère bien ! » répondit Jeanne en tendant ses deux mains à Hubert, qui les serra avec effusion, puis dit :

« Vous aussi, Jeanne, vous êtes bien changée. »

Il n'ajouta rien de plus, ne voulant pas lui faire un compliment banal.

Ainsi le premier sentiment qu'éprouvaient ces deux nobles cœurs, qui certes au loin avaient battu l'un pour l'autre, quand ils se retrouvaient en présence, c'était une sorte de respect venant remplacer les abandons de l'enfance par la pudique réserve d'un âge qui a acquis toute la dignité de son être.

Mme de Brécourt admira cette délicatesse réciproque et n'en jugea ces deux enfants que plus aptes à se comprendre l'un et l'autre.

Cet instinctif mouvement de gêne passé, on causa en toute abondance de cœur; il y avait tant de choses à se dire, tant d'arriéré à mettre au jour ! Les années de séparation demandaient à revivre dans des récits circonstanciés.

Jeanne aurait voulu faire raconter à Hubert toute sa vie en quelques instants, et il fallut, pour la rappeler à la réalité présente, que Mme de Brécourt lui dit :

« Mais tu n'étais pas seule, mignonne, il me semble, lorsque nous sommes arrivés?

— C'est vrai, fit Jeanne en rougissant, j'avais Marie-Louise, qui est ici depuis quelques jours, ajouta-t-elle avec une certaine contrainte.

— Ah! s'exclama discrètement Mme de Brécourt, tu ne m'en avais rien dit; m'en aurais-tu voulu de mes observations à son égard?

— Oh! non, répondit Jeanne avec conviction, elles étaient très justes. J'allais vous écrire et vous apprendre la venue de Mlle Lerminier, lorsque j'ai reçu votre bonne lettre si mystifiante.

— Tu n'as pas deviné?

— Cela m'était impossible, ne sachant ni la guérison de votre chère maman ni le retour de ce grand cousin.

— Je vois que ton père a tenu le secret.

— Ah! il savait quelque chose! s'écria Jeanne; c'est pour cela qu'il souriait si complaisamment !

— Je l'avais prévenu de mon espoir, en le priant d'attendre pour vous en rien dire.

— Oh! petit père chéri, a-t-il bien joué son rôle, et m'a-t-il jouée surtout! Tu savais quelque chose, toi, Roger?

— J'ai su seulement au moment du départ que j'allais prendre deux colis ayant âme humaine. Si père n'avait pas été empêché de remplir lui-même cette aimable démarche, il ne m'en eût rien révélé.

— Vous êtes tous des gens bien mystérieux! conclut Jeanne en souriant.

— Cela se doit quand on a promis, dit Hubert.

— Tu es capable de nous en garder rancune? avança Mme de Brécourt.

— Ce serait bouder contre un trop grand bonheur, répondit Jeanne en sautant de nouveau au cou de sa vieille amie, car je suis bien heureuse. Seulement vos chambres n'auront pas l'air de fête que je leur eusse donné si j'avais été prévenue.

— Qu'importe, enfant, puisque cet air est dans tes yeux et sur ton aimable visage! Tu m'as écrit que ma chambre était toujours prête, et tu sais qu'un soldat n'a pas le droit d'être difficile. Ainsi donc console-toi, ce sera toujours bien.

— Ce qu'il aura de meilleur, je crois, reprit Mlle Davrignac, ce sera le voisinage de sa chère maman. »

Hubert répondit par un regard plein de gratitude.

« Je te reconnais bien là, » dit Mme de Brécourt; puis elle demanda à brûle-pourpoint :

« Alors ta jeune fille s'est enfuie?

— Pour nous laisser à nos épanchements sans doute, répondit Jeanne d'un ton détaché. Nous la reverrons pour le dîner. »

Tout en causant, elle avait conduit ses hôtes à leurs chambres respectives, dont la vieille amie louait le parfait arrangement.

« Sais-tu bien, disait-elle, qu'en te prenant ainsi à l'improviste je pouvais mieux juger de tes qualités de maîtresse de maison? Et je puis te dire une chose, ma chérie, c'est que j'ai le droit d'être fière de mon élève, qui ne néglige rien et sait ainsi se trouver prête à tout événement.

— Oh! ma bonne Mammy, répondit modestement la douce enfant, je suis vraiment confuse de votre grande indulgence, mais bien contente de votre approbation! »

Elle laissa ses chers arrivants à leur installation, pour aller elle-même jusqu'à la cuisine s'assurer de la bonne ordonnance du menu et venir ensuite dresser son couvert.

XX

AMITIÉ TRAHIE

M. Davrignac s'était empressé d'expédier ses affaires pour accourir plus vite voir ses chers amis.

Ceux-ci, après des expansions qui ne peuvent se dépeindre, demandèrent à faire le tour du parc, sur la beauté duquel ils ne tarissaient pas.

Toute la maisonnée les suivit joyeusement.

Seule Marie-Louise n'était pas encore apparue; Jeanne commençait à s'en étonner. Elle avait bien été un peu surprise de ne pas la voir arriver comme d'habitude pour l'aider dans ses petits préparatifs de table et de dessert, mais elle avait mis cela sur le compte d'une discrétion exagérée et n'y avait plus pensé. Maintenant elle se demandait ce qu'elle pouvait bien faire dans sa chambre, alors qu'elle devait voir de sa fenêtre la promenade générale.

En vain elle regardait de ce côté pour risquer un signe; mais nulle silhouette ne se faisait entrevoir, et elle se dit que peut-être son amie se reposait et qu'il était conforme aux lois de l'hospitalité de la laisser libre.

A l'heure réglementaire du dîner, Marie-Louise fit son

entrée dans le salon, où tout le monde était réuni avant de passer dans la salle à manger.

Elle avait une toilette délicieuse et une coiffure si compliquée, qu'elle suffisait amplement à expliquer le temps passé par la jeune fille dans sa chambre; elle avait travaillé à s'embellir, et l'on peut même dire qu'elle y avait réussi, car elle parut à tous réellement jolie, gracieuse et charmante.

« Je vous présente Mlle Lerminier, dit M. Davrignac à ses hôtes, la fille d'un de mes bons amis et elle-même une amie de Jeanne. »

Puis, se tournant vers la jeune fille, il ajouta avec empressement :

« Mme de Brécourt, une sœur d'affection, et son fils Hubert, officier de mérite, qui sera capitaine à la première promotion.

— Merci de ce pronostic, cher oncle, j'en accepte l'augure, » répondit Hubert.

Et il s'inclinait devant Marie-Louise, pendant que sa mère, tendant la main à la jeune personne, lui disait :

« C'est avec plaisir que je fais votre connaissance, mademoiselle, car Jeanne m'a parlé de vous dans des termes qui ne pouvaient que me faire souhaiter vous rencontrer. »

Marie-Louise remercia avec une effusion à la fois aimable et réservée qui prévenait en sa faveur.

Par le fait d'une intuition vraiment savante, Mlle Lerminier fut, ce soir-là, d'une retenue de paroles et d'une modestie d'attitude tout à fait surprenantes. On aurait dit qu'elle renonçait volontairement à briller pour se faire mieux apprécier. Et cependant elle se trouvait placée à table entre M. Davrignac et Roger, avec lequel elle ne se gênait guère ordinairement.

En face d'elle, c'est-à-dire à la droite de la jeune maîtresse de maison, était naturellement le futur capitaine, et on aurait pu remarquer que bien des fois, pendant même qu'elle causait à Jeanne, les yeux de ce jeune militaire étaient distraits et comme attirés par la vue de la physionomie vive et pourtant discrète de son gracieux vis-à-vis.

« Eh bien! mademoiselle Marie-Louise, dit à un moment M. Davrignac en plaisantant, qu'avez-vous donc aujourd'hui? on ne vous entend pas. Serait-ce la présence d'un membre de l'armée française qui vous coupe ainsi la parole? D'habitude il me semble que vous êtes moins prompte à vous intimider.

— Oh! petit père!... protesta Jeanne, que cette remarque gênait pour son amie.

— Laissez donc, Jeanne, reprit à son tour la jeune interpellée avec un aplomb imperturbable, je suis bien habituée maintenant aux plaisanteries de M. Davrignac; il voudrait faire croire à ses hôtes que je suis une bavarde, et moi je tiens à leur montrer que je sais écouter.

— A la bonne heure! riposta Roger, je commençais à croire que j'étais la cause de ce mutisme.

— Vous! » fit Marie-Louise avec une expression qui semblait dire :

« Mais vous n'êtes qu'un gamin dont je n'ai nul souci! »

Cette interjection et l'accent dont elle était prononcée firent lever la tête à Jeanne. Ce n'est pas ainsi que le prenait ordinairement Marie-Louise avec son frère. Quelle pouvait être sa pensée?

Hélas! elle devait le deviner trop tôt.

A la fin du dîner, on parla de la fête qui aurait lieu dans deux jours. C'était le dimanche où l'on célébrait la Nativité de la Vierge Marie, qui se trouvait être en même temps la fête patronale du village dont dépendaient les Ablettes.

Jeanne et Marie-Louise s'étaient chargées de faire des guirlandes de lierre et de fleurs, puis des chaînes de papier bleu et blanc pour décorer l'église. Mme de Brécourt leur offrit l'aide de ses doigts et de son expérience, et l'on accepta avec empressement. Les messieurs feraient aussi leur part en s'allouant la cueillette des fleurs blanches et de la verdure, qui ne s'emploieraient que le samedi pour plus de fraîcheur.

Dès le lendemain donc on se mit à l'œuvre, et Mme de Brécourt ne fut pas longtemps à s'apercevoir que Mlle Lerminier, qui s'observait moins en présence de la mère que du fils, travaillait beaucoup plus de la langue que des mains. Plusieurs fois elle l'avait regardée, surprise, ne reconnaissant plus la jeune fille si modeste et si distinguée de la veille.

Aussi lorsque le soir, en rentrant dans leurs chambres, Hubert disait à sa mère :

« C'est décidément une jeune fille charmante que Mlle Lerminier ! »

Celle-ci se hâtait-elle de répondre :

« Sans doute; mais elle n'a pas l'aimable simplicité de Jeanne.

— Tu la trouves moins bien qu'hier ?

— Oh ! oui. Je crois que le fond ne répond pas entièrement à l'apparence. »

Hubert ne releva pas ces paroles, mais il revint à la charge le lendemain. Marie-Louise se montrait à ses yeux avec un tel mélange de grâce discrète et d'esprit pétillant, que la pauvre Jeanne, qui d'ailleurs s'effaçait devant son hôtesse, en était éclipsée.

Mme de Brécourt jugeait la situation et commençait à en souffrir. Est-ce que son Hubert allait se laisser prendre dans les filets de cette enjôleuse ? Ce serait vraiment malheureux.

Tout animée de cette crainte, elle répondit à ses éloges : « Je crains que nous ayons affaire à une coquette dont il faudra se défier.

— Oh ! mère ! fit le jeune homme.

— Tiens-toi en garde contre ces belles manières qui sentent l'affectation, c'est tout ce que je puis te dire. Le vrai mérite est modeste, et la véritable modestie ne s'imite pas longtemps. »

Cependant tout le travail était terminé, l'église gentiment décorée, surtout la chapelle de la Sainte-Vierge, et les deux amies devaient compléter leur œuvre pie en chantant chacune une mélodie sacrée à la grand'messe de ce jour de fête.

Les dispositions que l'une et l'autre apportaient à cet office devaient être bien différentes, si l'on en jugeait par la toilette de chacune.

Jeanne savait que les toilettes excentriques, les couleurs tapageuses ne sont pas de mise pour se rendre à n'importe quelle cérémonie de l'Église, et moins encore lorsqu'on doit s'y trouver forcément placé en évidence. La simplicité modeste sied mieux au recueillement et à la prière. Elle avait donc adopté un costume d'alpaga gris, dont la teinte neutre ne devait pas attirer l'œil, et Marie-Louise s'était vêtue de rose, trouvant que, parce qu'on chantait à l'église un jour de fête, ce n'était pas la peine de sembler aller à un enterrement.

Jeanne devait aussi quêter. Elle avait accepté de le faire pour remplir un obligeant devoir, et en mettant de côté toute autre préoccupation personnelle. Chemin faisant, sa compagne, qui voyait dans cet acte une occasion de se faire mieux remarquer, lui demanda de la remplacer.

La douce Mlle Davrignac hésitait, pensant que M. le curé ne serait pas content et pourrait croire qu'elle avait voulu se décharger sur sa compagne de ce qui lui paraissait peut-être une corvée. Mais, lorsque Marie-Louise désirait une chose, elle savait se montrer persuasive.

« Que crains-tu? lui dit-elle, ayant pris depuis quelques jours la familière habitude de la tutoyer. As-tu peur que je me mette à regarder la bourse au moment où les personnes y déposent leur offrande? Rassure-toi; je sais qu'en pareil cas il faut observer la plus grande discrétion pour ne pas paraître chercher à connaître la valeur du don, ce qui pourrait être gênant autant que blessant. On doit, n'est-ce pas, ici comme partout, regarder le visage et non la main de celui qui donne, avec un air aimable et reconnaissant, et murmurer un « merci » dans un gracieux sourire. Compte sur moi; je m'en acquitterai consciencieusement, et ton monsieur le curé ne pourra voir qu'une chose, c'est que tu as voulu me faire une politesse. »

Prise ainsi, Jeanne n'eut plus le moyen de refuser, d'autant que son cher père, qu'elle avait consulté, lui répétait qu'on devait toute déférence à ses hôtes; et de cette façon Mlle Lerminier put étaler sa coquette prestance aux yeux de tous les fidèles, au milieu desquels il en était un qu'elle tenait particulièrement à éblouir, sans souci de la sainteté du lieu où s'exerçait ce profane manège.

Comme chant, Jeanne avait choisi l'*Ave Maria* de Gounod, si tendre et si mélodique. Elle sut le dire avec une piété simple et un sentiment religieux si profond, qu'il pénétrait l'âme des auditeurs.

C'était quelque chose de doux, de suave, d'angélique, qui envahissait tout l'être et lui faisait oublier ses attaches terrestres pour l'élever, dans un élan d'amour, vers la Divinité idéale et puissante, devenue visible par le rayonnement de la foi.

Tout autre fut l'impression produite par Marie-Louise.

Peu après l'élévation, elle entonna avec assurance l'admirable cantique de Faure : *Le ciel a visité la terre.*

Sa voix plus ample s'y déployait avec art et faisait résonner les voûtes de la petite église de ses accents sonores et vibrants.

L'assistance en était étonnée plutôt qu'émue; des frissons parfois en couraient sur le corps; mais rien ne s'éveillait dans l'âme qu'une admiration toute terrestre. L'organe était superbe : il y manquait la chaleur du sentiment religieux.

C'est ce qu'éprouva Mme de Brécourt avec l'exquise sensibilité de sa nature, et lorsque, se retrouvant seule avec son fils, Hubert lui dit : « Quelle admirable voix ! » elle ne sut que répondre :

« Très belle, mais théâtrale, comme toute la personne. Ce chant vous laisse sur la pauvre mappemonde, tandis que le premier vous transportait jusqu'au ciel.

— Avoue, mère chérie, qu'un pareil talent peut contribuer à embellir la vie qu'on est obligé de mener, en somme, sur cette pauvre mappemonde, comme tu dis si bien.

— Je préférerais pour ma part ce qui la ferait oublier pour me montrer un but plus élevé, plus noble et plus stable. »

Le jeune officier semblait confondu de cette appréciation. Subissait-il donc déjà réellement l'influence pernicieuse de cette nature superficielle et inqualifiable?

Oui, inqualifiable ! Car, disons-le dès à présent, Marie-Louise, malgré l'amitié qu'elle semblait témoigner à Jeanne, malgré l'accueil fraternel qu'elle recevait de celle-ci, n'avait pas reculé devant la pensée doublement traîtresse de détourner à son profit les attentions du jeune homme, de chercher à ravir à la confiante fille l'affection de celui qu'elle avait été la première à lui faire considérer comme son futur époux, presque déjà son fiancé.

Elle s'était dit qu'il lui plairait à elle d'être la femme d'un beau capitaine, et, son cœur n'ayant pas plus de délicatesse que sa conscience ne possédait de scrupule, elle employait à réussir toutes les armes d'une coquetterie raffinée, et les petits moyens d'un caractère rusé et diplomate, pour ne pas dire plus.

Le premier indice du danger d'abandon que courait ainsi la pauvre Jeanne allait lui être révélé le jour même.

XXI

UN BAL CHAMPÊTRE

En l'honneur de la fête patronale, Roger avait invité trois ou quatre de ses amis, jeunes Parisiens également en vacances, à venir passer quelques jours aux Ablettes.

De son côté, M. Davrignac, désirant distraire toute cette jeunesse autrement qu'en lui laissant prendre part aux danses villageoises, avait lancé quelques invitations parmi la bonne société de l'endroit pour une petite sauterie à donner sur la pelouse du parc, si le temps le permettait.

Cette invitation était ainsi formulée :

« Nous danserons en notre jardin le 11 septembre, à deux heures et demie du soir, et nous espérons bien vous voir à notre fête champêtre.

« *Signé :* DAVRIGNAC. »

Ce fut à qui s'empresserait d'accepter, et, dès la sortie des vêpres, on voyait arriver toutes les jeunes filles dans de frais costumes qui, le soleil aidant, faisaient prendre à la pelouse l'aspect d'un parterre de fleurs animées.

« Vous savez, mes enfants, avait dit M. Davrignac, l'étiquette est bannie de notre petite réunion. Vous vous connaissez presque tous ; je vous présente en bloc les uns aux autres. Laissez donc de côté la mode britannique, qui consiste à n'inviter d'une part, et de l'autre à n'accepter d'invitation que des personnes qui vous ont été particulièrement présentées. Nous sommes aux champs d'ailleurs, et, s'il est vrai que les convenances doivent régner dans toute bonne société, il n'en est pas de même de la contrainte. Éloignez-la et amusez-vous sans arrière-pensée. »

Ce langage si paternel avait mis tout le monde à l'aise, sauf peut-être Jeanne, qui n'avait jamais dansé ailleurs qu'avec ses compagnes, au couvent.

Cela n'empêcha pas tout un essaim de jeunes gens, qui connaissaient les lois du savoir-vivre, de se précipiter vers elle pour solliciter « l'honneur » d'une première danse.

Et vraiment ces jeunes danseurs n'avaient pas grand mérite à remplir cette politesse envers la fille de la maison. Elle était si gentille, la douce Jeanne, dans sa robe de mousseline blanche que rehaussait un simple bouquet de myosotis placé dans ses cheveux et un autre à sa ceinture! Et c'était aussi avec une grâce si modeste qu'elle répondait le traditionnel : « Avec plaisir, monsieur! » ou le : « Je vous remercie, je suis invitée! »

Cependant, pour un des cavaliers, son humble bouquet bleu eût pu vouloir devenir symbolique et dire en son langage parfumé : « Ne m'oubliez pas! » C'était celui dont elle eût le plus apprécié l'empressement : c'était Hubert.

L'indulgente enfant s'était dit d'abord :

Sans doute il attend, pour venir à moi, que les étrangers me fassent leurs politesses.

Et elle avait trouvé tout naturel qu'il ouvrît le bal avec Marie-Louise.

Mais lorsqu'elle le vit inviter à nouveau Mlle Lerminier avant même d'avoir songé à elle, une ombre de tristesse passa sur son front pur, et son cœur battit d'une façon singulière.

Cela l'avait tellement troublée, qu'à la danse suivante elle accepta deux danseurs pour un même quadrille.

« Que faire, Mammy? demanda-t-elle à Mme de Brécourt lorsqu'elle s'aperçut de sa méprise.

— T'excuser aimablement, dit la bonne dame, et dire que, pour bien montrer qu'il y a eu une erreur, tu te priveras de cette danse.

— Mais, à vrai dire, cela ne me prive pas du tout, répondit la charmante enfant.

— La politesse t'oblige à ne pas le laisser croire, et si l'un des deux cavaliers insiste pour que tu acceptes son rival, tu pourras le faire, mais en témoignant une sorte de regret qui montrera bien que tu ne voulais donner aucune préférence, ce qui est, tu le sais, absolument interdit. Les jeunes filles ne sauraient trop veiller à ne provoquer aucune vexation; elles peuvent être si grosses de conséquences!

— Et si je me disais fatiguée?

— Tu en as le droit. L'es-tu réellement?

— Un peu, dit Jeanne comme résignée.

— As-tu dansé avec Hubert? demanda Mme de Brécourt.

— Pas encore, répondit la jeune fille en rougissant légèrement.

— Ah! par exemple! je vais le lui dire.

— Oh! non, Mammy, je vous en prie! » riposta-t-elle vivement.

Il y avait dans sa voix un tel accent de dignité blessée, que Mme de Brécourt en arrêta net son élan.

Il allait au reste devenir inutile, car le jeune officier, comme s'il eût deviné ce qui se passait, se dirigeait précisément de leur côté et venait demander Jeanne.

« Je n'ai pas encore eu le plaisir de danser avec vous, petite cousine, dit-il en emmenant Mlle Davrignac, qui avait accepté son invitation.

— C'est que vous n'en avez pas eu le désir, mon cousin, » répondit Jeanne avec une telle franchise, que le jeune homme la regarda tout étonné.

Il balbutia une excuse banale, alléguant qu'elle avait été bien accaparée, etc.

« Je crois pourtant, répliqua l'aimable enfant toute souriante, que le meilleur moyen d'avoir son tour était de se présenter.

Décidément la « petite cousine » ne se payait pas de mots, et sa logique ne manquait ni de poids ni de justesse. Hubert en fut frappé et reconnut ses torts; aussi, pour les réparer, ne voulut-il pas quitter Jeanne sans qu'elle lui eût promis une autre prochaine danse à son choix.

La chère enfant ne demandait pas mieux. Elle était si heureuse de pouvoir ainsi, tout en dansant, causer un peu avec ce grand ami, auquel personne dans son cœur ne semblait comparable !

Mais, hélas ! par la suite encore, ces occasions furent rendues trop rares par Hubert. Jeanne comprenait bien qu'il ne pouvait pas danser trop souvent avec elle; d'ailleurs elle n'eût pas voulu, sachant qu'une jeune fille bien élevée doit s'abstenir de danser fréquemment avec le même cavalier; mais alors pourquoi invitait-il à tout instant Marie-Louise? Ils ne craignaient donc ni l'un ni l'autre de se faire remarquer, de se compromettre?

Cette pensée la laissait rêveuse, et Mme de Brécourt, qui

l'observait, en souffrait autant qu'elle. A un moment d'intervalle entre les danses, elle avait même trouvé moyen de faire à Hubert une réflexion sur cette assiduité auprès de Mlle Lerminier.

« Eh ! que veux-tu, mère ! répondit-il, c'est elle qui me retient pour telle ou telle variété de danse !

— Il faudrait lui faire comprendre que tu te dois aux autres invitées de ton oncle.

— C'est bien difficile ! »

La vérité était que ce pauvre garçon se sentait trop faible pour résister aux charmes diaboliques de cette sirène.

Cependant l'après-midi s'acheva gaiement pour tous. M. Davrignac, voyant l'entrain général, voulut prolonger la réunion après la nuit tombante en faisant accrocher des lanternes dans les arbres.

Alors la danse reprit de plus belle.

Elle se termina par une surprise : des fusées et des feux de Bengale illuminèrent tout à coup la pelouse, aux cris d'admiration de tous les assistants, qui déclarèrent véritablement féerique le décor de cette salle de bal en plein air, sous la voûte étoilée, que l'embrasement des massifs semblait faire pâlir.

Une immense farandole, organisée au milieu de ces lueurs rouges et vertes, acheva joyeusement enfin cette fête, pour laquelle M. Davrignac recevait les plus sincères remerciements et les plus chaleureuses félicitations.

Pauvre père ! il ne se doutait guère que cette journée, où il avait cru faire tant d'heureux, marquait une si grande déception au cœur de sa fille.

XXII

CONFIDENCES

Le lendemain et les jours suivants, les distractions recommencèrent : il fallait amuser ses hôtes.

Un jour, ce fut un lawn-tennis organisé sur cette même pelouse, qui se trouvait être suffisamment foulée pour qu'on pût y établir un « cours » de trente mètres. Chacun d'ailleurs portait des souliers à semelles de caoutchouc et à talons bas. Le tennis est maintenant tellement passé dans nos mœurs, que les jeunes gens ne s'embarquent plus à la campagne sans un complet de flanelle blanche, qui est le véritable costume à adopter.

Pour les jeunes filles, c'est, on le sait, une jupe s'arrêtant à la cheville et une blouse avec une haute ceinture. Marie-Louise la possédait.

Ce jeu fut pour elle une occasion nouvelle de faire admirer ses qualités élégantes de légèreté et d'adresse et la souplesse de ses muscles autant que la fraîcheur de son teint, quand il était animé par une course joyeuse.

Cette fois encore elle accapara Hubert; et au lieu de se contenter de courir, de glisser, comme le faisait Jeanne et comme il est recommandé à toutes les jeunes filles de bon ton, elle se prenait parfois à sauter, à bondir comme un jeune poulain échappé, pour le seul plaisir de se faire remarquer.

Puis, au lieu d'imiter sa compagne, qui avait attaché sur le haut de sa tête un chignon bien lisse et solidement mainteuir, sachant que les balles malapprises s'attaquent quelquefois à ce petit édifice féminin, elle avait laissé sa chevelure posée à la légère, de sorte que celle-ci n'avait pas été longtemps à se détacher et à flotter en ondes brunes sur le dos de la joueuse.

Mme de Brécourt, qui était spectatrice de cette partie, n'avait pas pu s'empêcher de penser :

Mlle Lerminier sait qu'elle a de beaux cheveux, elle veut les montrer.

Quant à miss Agnès, qui assistait aussi à cette lutte de la balle à la raquette, elle s'était écriée :

« *Aoh! ce* jeune fille *il* n'a pas *l'hébitioude* du tennis; dans *le* Angleterre, jamais on ne voit se déranger *le agincement* de la toilette.

— En effet, répondit Mme de Brécourt, j'ai vu des Anglaises sortir de la partie la plus chaudement disputée sans que leur blouse ait éprouvé le moindre froissement, ni même que leur ceinture se fût dérangée d'une ligne.

— *Ce* était de bonne *compégny.*

— Mais vos élèves en sont aussi, miss, de bonne compagnie, ce me semble. Voyez Jeanne et Marguerite, rien n'altère l'harmonie de leur costume.

— Oh! *yes,* elles être de dignes jeunes filles! »

Sans s'en douter peut-être, miss Agnès venait d'appliquer le mot propre à Jeanne et à sa sœur; car, en effet, les demoiselles Davrignac portaient dans leur attitude une de ces dignités naturelles qui ne peuvent venir qu'à celles qui ont le cœur haut placé.

Comme il n'était pas possible à Marie-Louise de continuer une partie de tennis ainsi échevelée, elle dut demander à l'interrompre pour aller se recoiffer. Cela assurément jeta un froid dans l'assemblée, bien qu'on ne dît rien par politesse; mais qu'importait à l'égoïste et suffisante jeune fille d'occasionner un ennui aux autres, du moment où elle avait produit son petit effet! Et, certes, les regards admiratifs d'Hubert lui avaient assez prouvé que le but était atteint à ses yeux.

Pour tromper un peu l'attente, tout le clan masculin se mit à rouler une cigarette, en s'égarant dans les allées ombreuses pour la fumer loin des dames. Miss Agnès entreprit Marguerite pour lui donner en anglais quelques conseils pratiques sur la façon de jouer au tennis, dont elle possédait la science jusqu'au bout des doigts, prétendant d'ailleurs que celui qu'on jouait en France ressemblait au vrai comme le coco au *pale ale*[1].

Pendant ce temps, Jeanne, toute songeuse, était venue s'asseoir sur un banc auprès de Mme de Brécourt, à laquelle elle éprouvait le besoin de faire une caresse.

« Tu ne sembles pas gaie, ma chérie? interrogea l'aimable dame.

— Vous croyez, chère Mammy? Pourtant je devrais l'être, ayant le bonheur de vous posséder.

— Crois-tu que tu n'es pas un peu fatiguée de cette vie de plaisirs constants?

— Oh! si, dit la jeune fille. Pour moi, les amusements sont bien plus fatigants que le travail; mais il faut bien distraire nos hôtes.

— Conservez-vous longtemps ces jeunes gens?

— Quelques jours encore, je crois. Roger semble si heureux de les avoir, que je suis la première à insister pour qu'ils prolongent leur séjour.

— Et ton amie?

— Jusqu'au moment où son père la rappellera! fit-elle avec un soupir.

— Entre nous il me semble qu'elle te pèse un peu, cette exubérante jeune fille.

[1] Bière anglaise très capiteuse.

— C'est sans doute très mal de ma part, mais je ne puis le cacher.

— La crois-tu une amie sincère?

— Je crois surtout que sa conduite est bien légère, dit Jeanne, dont le cœur débordait. Je crois, Mammy chérie, que, lorsque vous me mettiez en garde contre son amitié, vous aviez l'intuition de ce qu'elle devait me faire de mal, et je suis bien punie de ne pas vous avoir assez écoutée. »

Et de grosses larmes montaient aux yeux de la pauvre enfant.

Mme de Brécourt la serra dans ses bras affectueusement, puis lui demanda avec tendresse :

« Alors dis-moi franchement, mignonne, tu aimes bien Hubert?

— Comment ne l'aimerais-je pas, répondit la candide jeune fille, depuis si longtemps que nous nous connaissons, et alors que cette hypocrite Marie-Louise a pris soin de me dire que papa et vous aviez d'autres idées sur notre compte!

— Quoi! elle t'a dit cela? mais alors elle est non seulement coquette, mais perfide.

— J'avais peur de faire un jugement téméraire en le pensant. Mais je vous en conjure, Mammy chérie, ne dites rien de tout cela à Hubert; j'en mourrais de honte et n'oserais plus jamais me montrer devant lui.

— Sois sans crainte, bonne petite, je saurai garder ton secret; mais à mon tour je te dirai : Ne te fais pas de chagrin. Hubert subit en ce moment un égarement passager, contre lequel je n'ai pas pu moi-même le prémunir; mais je connais son cœur : il est trop loyal et trop sensé pour s'attacher longtemps à une créature aussi frivole. Il te reviendra, sois-en sûre, et d'autant plus sérieusement qu'il aura pu faire la comparaison.

— Ce qui me cause le plus de peine, c'est de me dire, maintenant que je connais à fond Marie-Louise, qu'elle ne serait pas capable de le rendre heureux.

— Il le comprendra de lui-même, j'en ai la conviction; car il est bien rare qu'une coquette ne laisse pas deviner un jour la sécheresse de son cœur.

— Mais alors il aura du chagrin, reprit Jeanne, dont la bonté d'âme aurait été jusqu'au sacrifice, si elle avait cru que ce sacrifice dût donner le bonheur à celui qu'elle aimait, plus même qu'elle ne pouvait le supposer.

— Cher petit trésor! répondit avec une nouvelle caresse Mme de Brécourt, comprenant toute la délicatesse de sentiment de cette réflexion; c'est bien d'une nature comme la tienne qu'on a dû s'inspirer pour trouver cette belle parole : « L'idée seule du dévouement fait battre un cœur « de femme, comme l'idée du combat et de la gloire fait « battre un cœur de soldat. » Mais va, quelles que soient les apparences, Hubert et toi vous êtes dignes de vous entendre; et quant au chagrin dont tu parles, il ne pourra être bien cuisant si tu consens à être son ange consolateur.

— La voilà qui revient plus pimpante que jamais, dit Jeanne avec quelque amertume en voyant Mlle Lerminier déboucher d'un massif.

— Sèche vite tes larmes, enfant chérie, pour ne pas lui donner la satisfaction de se moquer de ta peine, et puis aie courage et confiance en la Providence: elle ne nous abandonnera pas, je l'espère, et saura mieux que nous, quand elle le voudra, dessiller les yeux de mon pauvre fils. »

Ces paroles réconfortantes firent l'effet d'un baume sur le cœur blessé de Jeanne. Elle reprit avec plus d'entrain la partie interrompue en se disant :

Mammy n'a-t-elle pas raison? Il n'arrive que ce que Dieu veut bien permettre.

XXIII

LE VOILE TOMBE

Cependant les jours qui suivirent et qui furent occupés par des récréations variées semblaient augmenter de plus en plus la bonne entente de Marie-Louise et du jeune officier. Il s'était fait son cavalier servant, lui portant pendant les promenades son ombrelle, son châle ou ses plantes; car elle n'avait pas renoncé à grossir son herbier.

Plusieurs fois déjà Mlle Lerminier avait abusé de la complaisance de ce cavalier, plus empressé que les autres à courir lui chercher une fleur, qu'elle admirait sur l'eau, ou même une mousse en haut d'un tronc d'arbre, sur la beauté de laquelle elle s'extasiait.

Dire qu'il trouvait toujours l'escalade charmante serait exagérer les mérites du jeune officier; et si son esprit chevaleresque le poussait à rapporter l'objet le sourire aux lèvres, il n'en trouvait pas moins au fond, tout au fond de son cœur, que la damoiselle n'y mettait pas une grande discrétion.

De la discrétion! et pourquoi la coquette en eût-elle mis? Elle se croyait maintenant si sûre de l'empire qu'elle exerçait sur son damoiseau, qu'elle pouvait bien agir un peu en reine et se faire courtiser: sa présomption y trouvait son compte autant que son orgueil.

Mais, a dit le sage, la présomption gâte l'esprit comme l'orgueil atrophie le cœur, et il est bien rare qu'avec ces deux armes on ne dépasse pas le but.

Un après-midi que toute la bande joyeuse avait décrété une excursion dans un site renommé des bords de la Loire, Hubert avait laissé l'uniforme pour prendre un costume clair, plus en rapport avec la chaleur et le sans-façon de la promenade. Ce qui ne l'empêchait pas d'être d'une grande correction, son esprit méthodique n'admettant pas plus de laisser-aller dans la tenue civile que dans le maintien militaire.

Le break ne pouvant contenir tout le monde, on convint d'y faire prendre place aux dames, soit Mme de Brécourt et miss Agnès, avec les enfants et les deux jeunes filles, pendant que la partie masculine irait de ses jambes.

Mlle Lerminier ne semblait pas trop satisfaite de cet arrangement, qui la privait de la société des messieurs; mais elle dut comprendre qu'il n'y en avait pas d'autre possible et qu'il fallait se résigner.

On ne fut pas plus tôt arrivé, qu'elle prétendit prendre sa revanche, et, sans s'inquiéter si les messieurs étaient fatigués d'une longue course, elle entraîna tout le monde dans une nouvelle marche, sous prétexte que le point de vue était joli et qu'il fallait le contempler sur toutes ses faces.

Cette fois encore elle saisit le bras de Roger, qui mentalement l'envoyait à tous les diables. Elle n'avait point osé prendre celui d'Hubert sans doute, ou peut-être obéissait-elle à une autre intention. Toujours est-il qu'elle ne lui laissa pas le loisir de se tenir en arrière, où était le reste de la société féminine. Elle le retint par des questions et une conversation dans laquelle elle déployait un esprit de taquinerie que le jeune officier, par parenthèses, semblait goûter médiocrement. Un observateur attentif lui aurait même trouvé un air quelque peu morose, lorsque tout à coup Marie-Louise s'écria :

« Oh ! l'admirable lichen qui se prélasse là-bas sur ce rocher !

— Il s'y étale d'autant plus à l'aise, répondit Roger, qu'il sait que personne n'ira le déranger en ce lieu escarpé.

— Vous croyez? dit la jeune fille.

— Qui donc voudrait risquer sa vie pour une plante?

— Oh! sa vie! protesta-t-elle, tout au plus une tache de verdure à son pantalon. »

Aucun des jeunes gens ne ripostait. Elle reprit :

« C'est dommage, car il aurait bien fait dans ma collection. Vous le voyez, monsieur de Brécourt?

— Oui, mademoiselle, répondit Hubert, et je suis le premier à regretter qu'il se trouve placé dans un endroit si périlleux; je me serais fait un plaisir de vous l'offrir.

— Ah! fit-elle d'un ton persifleur, je croyais qu'un militaire français était toujours brave. Mais...

— Mais?... demanda Hubert.

— Je vois qu'il y en a de poltrons.

— Vous voyez mal, mademoiselle, » dit le jeune officier.

Et il s'élança sur la roche, sans qu'aucun des jeunes gens qui l'entouraient eût eu le temps de l'arrêter.

« C'est de la folie! s'écriaient les uns.

— Il se rompra le cou! disaient les autres.

— Laissez donc, reprenait Marie-Louise, un soldat sait monter à l'assaut.

— Et même en descendre, gémissait Roger, qui voyait son ami glisser sur la roche moussue sans pouvoir se retenir. Et le fleuve est au pied, ajoutait-il plein d'émoi.

— Qu'y a-t-il? » demanda Mme de Brécourt, arrivant en ce moment avec Jeanne et le reste de la bande.

Cette apparition fit trembler Mlle Lerminier. Elle n'eut pas le courage de répondre, ce qui fit deviner un de ses coups.

Jeanne s'était avancée, et, voyant Hubert en péril, elle avait poussé un cri, un seul, et s'était affaissée sur le sol.

Ce fut une minute indicible pour Mme de Brécourt. Elle eût voulu savoir ce que devenait son fils, et il lui fallait porter secours à Jeanne.

Marie-Louise s'avança enfin pour offrir ses services; mais la pauvre mère affolée lui dit avec douleur :

« Non, mademoiselle; je crois qu'il vaut mieux qu'elle ne vous voie pas quand elle ouvrira les yeux. »

Il était temps, car déjà le pied d'Hubert touchait l'eau.

La jeune fille comprit qu'elle était démasquée et perdit un peu contenance, d'autant qu'elle entendait à côté de cela Roger crier :

« Il faudrait lancer une corde, ou sinon il dégringolera jusqu'au bout.

— Nous n'en avons pas, répondaient les autres hommes avec amertume.

— Formons une chaîne pour l'aller rechercher, émit l'un d'eux.

— Nous sommes trop peu nombreux, répliqua Roger; ce

serait vous exposer tous sans succès, il est déjà trop loin ! »

Hubert pendant ce temps roulait toujours.

Soudain quelqu'un lui cria :

« Lancez-vous à droite, il y a un arbre. »

Machinalement il obéit, ne pouvant se rendre aucun compte par lui-même. Et bientôt tous poussèrent des cris de victoire en le voyant saisir un jeune chêne qui mirait son front dans le fleuve.

Il était temps, car déjà le pied d'Hubert touchait l'eau. Il s'arc-bouta à l'arbuste et put enfin se remettre debout; mais il lui fallait faire un long détour sur le bord de la rivière pour gagner un sentier qui lui permît de rejoindre tout son monde.

Les jeunes gens, d'un commun accord, s'élancèrent en avant pour l'aider à trouver sa route.

Quant à Jeanne, au cri de joie de l'assistance, elle avait ouvert les yeux et repris connaissance. Elle aussi demandait à s'avancer à la rencontre de son cousin, et ce n'est pas Mme de Brécourt qui cette fois aurait eu la force de s'y refuser.

Marie-Louise les suivait toute penaude. Un moment pourtant elle s'approcha de Jeanne, et lui dit d'un ton de componction :

« Tu dois bien m'en vouloir, ma petite Jeanne !

— Je m'en veux surtout d'avoir proposé cette promenade, » répondit froidement la fière enfant.

Cependant Hubert apparaissait au loin, entouré de toute l'expansive jeunesse, qui éprouvait d'autant plus le besoin de rire qu'elle avait été plus émotionnée.

« Tu n'as pas de mal ? demanda Mme de Brécourt anxieuse, d'aussi loin qu'elle l'aperçut.

— Non, mère chérie, à peine une égratignure.

— Ah ! vous nous avez fait une belle peur ! s'écria Jeanne encore toute pâle.

— Il n'y a que mon costume qui ait souffert.

— Le fait est qu'il est dans un joli état! » s'exclama Marie-Louise, qui voulait prendre la chose plaisamment.

Mais Hubert, sans paraître l'avoir entendue, s'approcha d'elle et lui dit d'un ton grave :

« Voilà votre lichen, mademoiselle. »

Marie-Louise devint pourpre. Elle essaya de balbutier un remerciement et finit par dire :

« Je garderai précieusement ce souvenir si chèrement acquis.

— Vous me permettrez demain d'en ajouter un autre, » repartit Hubert d'un ton énigmatique.

Mlle Lerminier le regarda pour savoir ce qu'elle devait comprendre, mais n'y réussit pas.

Le retour s'opéra sans entrain. Bien que courbaturé par sa chute, le jeune officier ne voulut pas accepter une place qui lui était offerte dans la voiture des dames; il prétendait revenir comme il était parti, et fit tout le temps bon cœur contre mauvaise fortune.

Mais, une fois arrivé aux Ablettes, il se retira dans sa chambre et se fit excuser pour le dîner, prétextant une grande fatigue.

A sa mère seule il avoua la vérité; il ne voulait plus avoir à faire de frais pour Mlle Lerminier, qui lui semblait maintenant une créature coquette et méprisable.

« Je le savais bien que tu en arriverais là, dit Mme de Brécourt avec une joie mal contenue; mais je ne l'espérais pas aussi vite.

— Tu verras quelle belle surprise je lui réserve. »

XXIV

DURE LEÇON

Le lendemain était le jour fixé pour le départ de Marie-Louise. Son père, après l'avoir réclamée en vain dans plusieurs lettres, lui annonçait la venue d'une de ses tantes avec laquelle elle devait aller faire les vendanges en Bourgogne. Il n'y avait donc plus pour elle de prétexte à invoquer : il fallait faire ses adieux à ses hôtes.

M. Davrignac, qui ne savait rien de tout ce qui s'était passé, lui témoigna ses regrets de la voir partir et la chargea de mille compliments pour son père. Jeanne, voulant remplir jusqu'au bout ses devoirs hospitaliers, remettait à la femme de chambre qui l'accompagnait un panier avec quelques provisions, et à Marie-Louise elle-même un bouquet.

Ce qui préoccupait cette dernière, c'était la pensée de savoir si elle reverrait M. de Brécourt. Il n'avait pas paru encore au petit déjeuner du matin, et la voyageuse devait prendre un train vers dix heures. Le pire est qu'elle n'avait pas osé demander des nouvelles de sa santé et s'était contentée des réponses faites aux autres à ce sujet, de sorte qu'elle ne savait à quoi s'en tenir.

Vraiment elle avait bien mal employé ses derniers instants de séjour. Elle en était à se dire que, si Hubert reparaissait, elle lui ferait de chaleureuses excuses, lorsqu'on vint prévenir que la voiture était prête pour le chemin de fer.

A ce moment Mme de Brécourt apparut, tenant un petit paquet à la main.

« Mon fils regrette infiniment de ne pas pouvoir venir lui-même vous saluer, mademoiselle; mais il se voit contraint de garder encore la chambre en ce moment. Il m'a chargée de vous remettre ce petit volume pour la route. Il paraît qu'il vous en avait parlé, et il a d'ailleurs marqué d'une croix et d'un signet les passages qu'il jugeait les plus propres à vous intéresser. »

Ces paroles étaient dites d'un ton si équivoque, qu'elles rappelèrent à Marie-Louise celui qu'Hubert avait pris la veille pour lui promettre un souvenir.

Il y avait assurément là-dessous quelque mystification; mais de quelle nature était-elle?

C'est ce que se demanda Mlle Lerminier, tout en essayant de formuler un remerciement dont l'ambiguïté trahissait les incertitudes.

Elle avait hâte de se retrouver seule pour pouvoir apaiser ses doutes, et ce désir lui fit rendre plus brefs les adieux que Jeanne venait lui faire jusque dans son compartiment.

Enfin la vapeur avait sifflé, et le train s'ébranlait : Marie-Louise allait donc avoir le mot de l'énigme.

Hélas! quelque désagréable qu'elle l'eût pu supposer, ce n'était pas comparable à la réalité.

Le titre du livre, elle ne l'avait même pas regardé, tant elle était impatiente de voir la page marquée.

Voici ce qu'elle y lut :

« Un homme pardonne difficilement à la femme qui l'a rendu ridicule ou qui l'a exposé par simple caprice à un danger inutile...

« Une vieille histoire du temps de la chevalerie :

« Une belle damoiselle, fille d'honneur d'une grande princesse, assistait en compagnie de la cour à un combat de bêtes : un lion et un tigre joutaient à celui des deux qui déchirerait l'autre. Un beau chevalier, debout près de la damoiselle, la regardait de toute son âme; il l'aimait, mais la coquette en riait.

« Tout à coup elle se pencha et jeta dans l'arène son gant brodé.

« — Ma main, dit-elle, à qui me le rapportera. »

« Le chevalier enjamba la rampe de velours et sauta dans l'arène, l'épée au poing, ramassa le gant et s'enleva d'un seul élan, avant que les deux fauves fussent revenus de leur surprise, et regagna la loge royale.

« Des bravos éclatèrent. La damoiselle se leva, rouge de plaisir, et lui tendit la main; mais il la regarda avec mépris et jeta le gant à ses pieds.

« — Je ne veux pas de votre main, damoiselle, et je reprends mon cœur que je vous avais donné. Vous êtes indigne d'être la femme d'un chevalier, vous qui, pour un gant, sacrifiez la vie d'un homme. »

L'allusion était trop directe pour n'être point comprise. Marie-Louise sentit qu'elle avait froissé à tout jamais le cœur du jeune officier, et elle en pleura de rage en se demandant quelle conduite elle allait tenir.

Renverrait-elle le volume à celui qui le lui avait fait offrir, ou dévorerait-elle l'affront en silence?

La coquette avait jusqu'à Paris pour y réfléchir.

Pendant ce temps, Jeanne était ramenée aux Ablettes par son frère, et la première personne qu'elle trouvait à son arrivée, c'était Hubert, qui se sentait guéri, disait-il, depuis le départ de Mlle Lerminier.

« Je le serais mieux encore, petite cousine, ajoutait-il, si vous vouliez me pardonner.

— Vous pardonner, Hubert! Et quoi donc? demanda-t-elle simplement.

— Ma folie, mon égarement de quelques jours.

— Mais vous étiez bien libre de suivre le penchant de votre cœur !

— De mon cœur ! oh ! non ; c'est ma tête qui s'est égarée, et pas mon cœur. J'ai fait comme le voyageur qui suit un feu follet perfide, ou comme le papillon qui fuit la chaleur bienfaisante du soleil pour courir se brûler les ailes à la flamme d'une bougie. J'avais près de moi la jeune fille douce, candide et dévouée, et je la délaissais pour une coquette. Je sais bien que je suis impardonnable, et je n'oserais pas solliciter ma grâce si je ne comptais sur toute votre indulgente affection. »

Jeanne fit un mouvement. Hubert reprit :

« Oui, j'ai eu la preuve de cette affection sincère dans l'intérêt que vous avez bien voulu prendre à mon accident, et c'est là que mes yeux se sont bien ouverts.

— Mais que voulez-vous que je vous dise, mon pauvre Hubert ? reprit enfin Jeanne, que toute cette expansion gênait visiblement.

— Tout simplement que vous ne m'en voulez pas pour la vie, et que vous me permettrez de reprendre le rêve que j'avais fait, avec l'assentiment de nos parents, d'unir un jour nos deux destinées.

— Je ne vous en veux pas, Hubert, répondit Jeanne dans une entière franchise. Mais à quoi bon parler si longtemps d'avance de choses qui ne pourraient se réaliser que dans un avenir encore si éloigné ? Vous savez que je ne quitterai jamais mon père tant que ma sœur ne sera pas à son tour sortie de pension et capable de me remplacer auprès de lui. Ainsi donc il y en a pour plusieurs années.

— Je reconnais là votre piété filiale ; elle m'est un nouveau gage des qualités de votre cœur, et je ne puis vous dire qu'une chose, ma chère Jeanne : j'attendrai, ce sera mon expiation.

— Sans toutefois vous y croire obligé.

— Oh! Jeanne, je m'y engage avec bonheur.

— Eh bien, à tout à l'heure, cousin! fit la charmante enfant en lui tendant la main. Je cours veiller aux apprêts du déjeuner et remercier votre chère maman du soin qu'elle a pris de mettre le couvert à ma place. »

Elle monta l'escalier du premier étage, légère comme un oiseau, et vint se jeter dans les bras de Mme de Brécourt, qui pleurait de joie en entendant sa Jeanne bien-aimée lui raconter avec bonheur ce qui venait de se passer.

« Merci, mon Dieu! dit-elle; maintenant je suis sûre de t'appeler réellement ma fille. »

Le congé d'Hubert devait durer quinze jours encore; puis il partirait pour Cherbourg, où il resterait en garnison pendant trois ans, avant de revenir, comme il l'espérait, à Paris, pour être attaché au ministère de la guerre.

Il y avait déjà plus de la moitié de ce temps de vacances écoulé, qu'on n'avait pas encore reçu de nouvelles de Marie-Louise, alors que tous les amis de Roger, rentrés depuis bien moins de temps, avaient, comme le plus vulgaire savoir-vivre le demande, écrit d'une façon bien sentie pour adresser leurs remerciements à M. Davrignac de la bonne et charmante hospitalité qui leur avait été accordée.

« Il me semble, dit un jour l'architecte au milieu de ses incessantes préoccupations, qu'on n'a pas eu signe de vie de Mlle Lerminier depuis son retour?

— Non, père, répondit Jeanne sans commentaire.

— Ne se serait-elle pas trouvée bien reçue?

— Oh! si, bien reçue, dit Mme de Brécourt, mais mal reconduite, sans doute.

— Comment cela? demanda M. Davrignac inquiet. Jeanne?...

— Oh! Jeanne n'y est pour rien, mon oncle, » repartit bravement Hubert.

Et il fit la confession entière de tout ce qui le concernait.

M. Davrignac, en entendant ce récit, partit d'un grand éclat de rire et dit à l'officier :

« Eh bien, je t'en félicite, mon ami; tu as eu beaucoup d'esprit. »

. . . .

Cependant, la veille du départ d'Hubert, arriva une lettre de Marie-Louise, où elle annonçait qu'elle venait de faire, à Mâcon, la connaissance d'un riche Américain qu'elle épousait. Elle priait Jeanne de dire à son puéril officier qu'elle ne faisait pas tant d'embarras pour un si mince exploit, puisqu'elle allait traverser les mers afin de suivre l'élu de son cœur.

« Eh! qu'elle franchisse le Niagara si bon lui semble! » répondit Hubert.

Et tous, d'un même élan, s'écrièrent :

« Bon voyage! »

FIN

TABLE

29804. — Tours, impr. Mame.

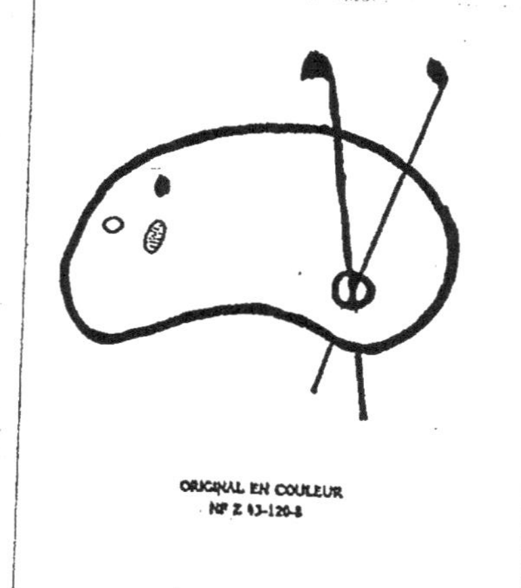

OUVRAGES

DE LA MÊME COLLECTION

FORMAT GRAND IN-8° — 3e SÉRIE

CHAQUE OUVRAGE EST ORNÉ DE PLUSIEURS GRAVURES

AIMÉE ROBERT, par Mlle Marie Poitevin.
ARTS DE LA JEUNE FILLE (LES), par Arsène Alexandre.
BRIMBORION, Histoire d'un mousse, par Roger Dombre.
CHATELAINS DE COURTHENOY (LES), par Marguerite Levray.
CINQ VERTUS DE TANTE ZABETH (LES), par Aimé Giron.
CLAIRE D'ALVINIÈRES, par E. Pinson.
CLERGÉ SOUS LA TERREUR (LE), par François Bournand.
DENISE LAUGIER, par Marthe Bertin.
DETTE DES ROBERT (LA), par Mlle Marthe Lachèse.
DOUGLAS LE PIRATE, traduit de l'anglais par Massé-Viollet.
DRAMES DE LA MER (LES), par Cinq-Étoiles.
ENFANTS BIEN ÉLEVÉS (LES), par Mme la comtesse de Ferry.
EN ROUTE POUR LA BAIE D'HUDSON, par M. Proulx.
ENTRE BOHÉMIENS, par Mme la comtesse André de Beaumont.
ÉTUDES ET SOUVENIRS, par M. l'abbé Barbier.
FÉBRONIA, par l'abbé Stanislas Berthier.
FÊTE DES CERISES (LA), récit historique, par Delauney du Dézen.
GRANDE DAME, Histoire véritable, adaptation de l'allemand par Delauney du Dézen.
GRENIER DE LA VIEILLE DAME (LE), par Mlle Louise Mussat.
HÉRITAGE DE TANTE MANON (L'), par Pierre Ficy.
HÉRITIÈRE DE PULCHÉRIE (L'), par Marie de Villemane.
HÉROS PRÉCOCES, par Mme Marie de Grand'Maison.
INVENTIONS ET DÉCOUVERTES, ou les Curieuses origines, par E. Soulanges.
JALOUSE, ou la Conversion de Loulou, par A. Alhix.
JOURNAL D'UNE PENSIONNAIRE, par Mlle A. Alhix.
KARL ET TRINETTE, par Mme Louise de Bellaigue, née de Beauchesne.
MARGUERITE OU MARGOT? par Marie Leconte.
MUGUETTE L'INDIENNE, ou les Amis de la France au Canada, par Georges Bremond.
NOBLES CŒURS (LES), souvenirs historiques, par Mme Aricie Sauquet.
PÊCHE ANECDOTIQUE (LA), par Pierre Bonnefont.
PIÉTÉ FILIALE ET FRATERNELLE, par F. P. B.
PORTRAITS JAUNES, SCÈNES DE LA VIE CHINOISE, par M. l'abbé Lucien Vigneron.
QUARTERONNE (LA), par W. Herchenbach; traduit de l'allemand par Mlle Simons.
RÉCITS D'UN OFFICIER D'AFRIQUE, par le capitaine Blanc.
ROBINSON RUSSE (LE), par Marc Anfossi, officier de l'Instruction publique.
ROI D'UN JOUR (LE), par Florence Wilfor, traduit de l'anglais par J. de Clesles.
SIMPLICITÉ GRIMSEL, par Mlle Louise Mussat.
SORTIE DE PENSION (LA), Conseils aux jeunes filles, par Mme Marie de Grand'Maison.
SOUVENIRS DE GUERRE, par le commandant Blanc.
TROP FAIBLE, par Marthe Bertin.
VACANCES DE GABRIELLE (LES), par Marie Leconte.
VERS LE BIEN, par M. Themer.
VIEUX MAGISTER (LE), de Hoffmann, adaptation par Delauney du Dézen.

www.ingramcontent.com/pod-product-compliance
Ingram Content Group UK Ltd.
Pitfield, Milton Keynes, MK11 3LW, UK
UKHW020251250726
13967UKWH00004B/1612